광야

정
찬

청소년 027
현대문학선

광야

문이당

청소년 판을 내면서

사람은 기억하는 생명체입니다. 만약 사람이 기억을 하지 못한다면 자기가 누구인지 모를 것입니다. 여러분이 자신만의 고유한 자아를 가질 수 있는 것은 여러분이 한 일을 기억하며, 여러분과 관계를 맺은 다른 사람들을 기억하기 때문입니다. 기억에는 개인의 기억만이 있는 것이 아닙니다. 집단의 기억도 있습니다. 집단의 기억을 우리는 역사라고 부릅니다. 여러분이 배우는 한국사는 한국인이 간직하고 있는 기억입니다. 한국사의 소중함은 여러분이 잘 알고 있을 것입니다.

1980년에 일어난 광주 민주화 운동은 한국 전쟁 이후 가장 비극적인 사건입니다. 한국 전쟁이 한국인의 삶을 크게 변화시켰듯이 광주 민주화 운동 역시 한국인의 삶을 크게 변화시켰습니다. 이 변화를 알지 못하면 지금 우리가 살고 있는 21세기 한국 사회의 본질을 제대로 파악할 수가 없습니다.

『광야』는 광주 민주화 운동을 총체적으로 그린 장편 소설입니다. 여러분은 이 소설을 통해 광주 민주화 운동이 왜 일어났고, 어떤 형태로 전개되었으며, 한국 사회를 어떻게 변화시켰는가를 알게 될 것입니다.

소설이 역사책과 다른 점은 인간의 드라마틱한 행동을 담는 데에 있습니다. 독일의 문호 괴테가 "일어난 일들에 대한 기록인 역사보다 일어날 수 있는 일들의 이야기인 소설이 더 진정한 역사"라고 말한 까닭은 여기에 있습니다.

『광야』는 여러분에게 1980년 5월의 그들이 무엇 때문에 목숨을 걸고 싸웠는지, 그들이 흘린 피가 어떤 역사의 꽃을 피웠는지를 '드라마틱한 행동'을 통해 보여 줄 것입니다.

2006년 봄

정 찬

차례 광야

그해 5월

1989년 11월 9일 밤 11시, 베를린

유리벽 안을 응시하던 『볼티모어 선(The Baltimore Sun)』 베를린 특파원 테리 머턴은 오른손으로 주머니를 더듬었다. 펜을 끄집어내기 위해서였다. 유리벽 안의 동독 국경 수비대 사령부는 긴장과 불안에 휩싸여 있었다. 쉼 없이 전화 다이얼을 돌리고 있는 수비 대장의 얼굴은 창백했다. 머턴이 보기에는 겁에 질려 있는 것 같았다.

베를린을 동서로 가르는 찰리 검문소 앞에서 수많은 동독인들이 네 시간째 경찰과 대치 중이었다. 그들이 '국경의 문을 열라'고 외치면, 철조망 너머의 서독인들은 '넘어오라'고 외쳤다. 군중의 수가 빠르게 불어나고 있었지만 경찰력은 빈약했다. 그들이 밀고 들어온다면 속수무책이었다.

이날 오후 6시경, 동독 공산당 정치국 대변인 귄터 샤보프스키는 기자 회견장에서 해외여행 완전 자유화를 발표했다. 그 순간 회견장은 침묵에 휩싸였다. 발표 내용은 몇 주 동안 베를린, 드레스덴, 라이프치히 등지에서 수십만 명의 시위대가 강력히 요구한 것으로, 철의 장막 속에서 오랜 세월 동안 폐쇄되어 있었던 동독으로서는 혁명적 조치였다.

조금 뒤 여기저기서 수군거리는 소리가 났다. 회견장 뒤쪽에서 한 기자가 언제부터 시행되느냐고 물었다. 샤보프스키는 잠시 당황하더니 어깨를 으쓱하며 '즉시'라고 말했다. 하지만 그것은 잘못된 대답이었다. 동독 공산당이 결정한 해외여행 자유화 조치는 다음 날인 11월 10일부터 시행하도록 되어 있었다. 샤보프스키는 자신의 짤막한 답변이 인류를 격동시키는 세기의 드라마를 만들어 낼 줄은 까맣게 모른 채 기자 회견장을 나갔다.

샤보프스키의 회견 내용이 방송으로 보도되자 수많은 동독인들이 베를린 장벽으로 몰려들었다. 군부나 당으로부터 아무런 지침을 받지 못한 국경 수비대가 당황하는 것은 당연했다.

수화기를 내려놓고 한동안 꿈쩍도 않던 수비 대장이 마침내 밖으로 나왔다. 사람들은 숨을 죽인 채 그의 말을 기다렸다. 그는 어깨를 한 번 으쓱하고는 문을 열라고 명령했다. 동독인들은 환호성을 지르며 국경 너머 서베를린 쪽으로 일제히 움직였다. 냉전의 상징인 베를린 장벽이 무너지는 순간이었다. 머턴의 눈은 본능적으로 시계를 찾았다. 시곗바늘은 정확히 11시 17분을 가리키고 있었다.

서베를린으로 이동하는 동독인의 물결 속에서 금발의 젊은 여인이 머턴의 시선을 끌었다. 푸른색 잠옷 위에 외투를 걸친 그녀는 뒤에 남은 친구에게 '국경이 정말 개방된 것인지 확인하고 싶다. 10분 후에는 돌아오겠다'고 소리치고 있었다. 여인의 얼굴은 흥분으로 발그스레했다. 국경 너머에는 장미꽃과 샴페인, 맥주를 든 서베를린 사람들이 기다리고 있었다. 비가 부슬부슬 내리는데도 수많은 사람들이 거리로 쏟아져 나와 샴페인을 터뜨리며 얼싸안고 춤을 추었다. 장벽 위로 올라가 춤을 추는 이들도 있었다. 취재 헬기가 공중을 선회하는 가운데 텔레비전 카메라 불빛이 장벽을 환하게 밝혔다. 어디선가 둔탁한 소리가 났다. 누군가가 장벽을 두드리며 조각을 떼어 내고 있었다. 잠시 후 벽을 깨는 소리가 곳곳에서 들려왔다.

한국의 휴전선이 떠올랐다. 남북한을 가르는 240킬로미터의 비무장 지대가 들어선 것은 1953년 7월, 3년간의 끔찍한 전쟁이 휴전 상태로 들어서면서부터였다. 그로부터 25년이 지난 1978년 가을, 머턴은 동료 기자들과 함께 비무장 지대에 깊숙이 들어간 적이 있었다. 서울 특파원으로 근무하던 시절이었다.

인간의 발자취가 끊긴 비무장 지대는 너무나 평화로웠다. 갖가지 생명들이 공존하면서 저마다 독특한 아름다움을 피워 내고 있었다. 자연이 스스로 이룩하고 있는 평화였다. 그 평화로움 바깥에서 인간이 만든 두 개의 이데올로기가 상대의 생명은 물론이고 자신의 생명까지 파괴하고 있다는 사실은 비극이었다. 이 파괴의 에너지가 한국 전쟁 이후 가장 참혹하게 터져 나온 것이 1980년 5월 광주였다.

"시민 여러분, 지금 계엄군이 쳐들어오고 있습니다. 사랑하는 우리 형제, 우리 자매 들이 계엄군의 총칼에 숨져 가고 있습니다. 우리 모두 일어나서 계엄군과 끝까지 싸웁시다. 우리는 광주를 사수할 것입니다. 우리를 잊지 말아 주십시오. 우리는 최후까지 싸울 것입니다. 시민 여러분, 계엄군이 쳐들어오고 있습니다……."

계엄군의 광주 진압 작전이 시작되고 있었던 5월 27일 새벽, 어둠 속에서 울려 퍼졌던 젊은 여성의 목소리를 결코 잊을 수가 없었다. 머턴은 전남 도청이 내다보이는 여관의 2층 창가에 있었다. 가슴을 찢는 듯한 그 목소리는 비극을 예고하는 드라마틱한 선율이었다. 어느 순간 목소리가 뚝 그쳤다. 그 후 찾아온 정적은 손에 잡히는 물체처럼 그의 몸에 찰싹 달라붙었다. 얼마나 시간이 지났던가. 총소리와 수류탄 터지는 소리, 중화기의 발사 소리가 어둠을 뒤흔들었다. 죽음의 장면은 보이지 않았다. 오직 소리로만 들렸다.

그는 괴로워하고 있었다. 그러면서 동시에 괴로워하는 자신의 모습을 객관화하려고 애를 썼다. 창 너머에 있는 죽음을 엿보기 시작하면서부터 떠나지 않는 두 사람의 얼굴이 있었다. 박태민과 신부 도예섭이었다. 죽음을 이야기하는 그들의 입가에는 똑같이 미소가 어렸다. 한 사람은 상냥하게, 또 한 사람은 천진하게.

죽음의 소리가 멎은 것은 먼동이 트고 있을 때였다. 여관을 나섰다. 동료 기자들이 위험하다면서 극구 말렸으나 뿌리쳤다. 하지만 도청에 닿기도 전에 계엄군의 제지를 받았다. 민간인은 일절 통행금지라고 했다. 기자도 예외가 아니라는 무뚝뚝한 말에 발길을 돌릴 수밖에 없었다. 기자들이 도청으로 들어갈 수 있었던 것은 날이 훤히 밝은 후였다.

도청 안은 전쟁터 그대로였다. 청사 안마당에는 파괴된 차량들과 총기류, 각종 장비들이 뒤엉킨 채 널려 있었다. 건물도 심하게 훼손되어 있었다. 온전한 유리창이 없었다. 시신들이 여기저기 눈에 띄었다. 꽃이 떨어진 화단 옆에 한 청년이 하늘을 보고 숨져 있었다. 갈색 바지에 상의는 군복이었다. 흰 운동화와 뒷주머니에 꽂혀 있는 조그만 수첩이 눈을 아프게 했다.

박태민의 시신을 본 것은 은행나무 아래서였다. 가슴과 옆구리가 총상으로 벌어져 있었다. 푸른빛이 감도는 이마는 싸늘했다. 그러나 신부의 시체는 끝내 찾지 못했다. 작전 종료 이후부터 통행금지 해제 시간 동안 계엄군이 은닉한 시체를 찾는다는 것은 불가능했다.

머턴은 바바리코트 깃을 올리며 하늘을 쳐다보았다. 비구름이 덮인 하늘은 캄캄했다. 광주의 기억은 언제나 그를 고통스럽게 했다. 고통은 몸의 상처처럼 또렷했다. 죽음의 기억인 까닭이었다. 눈을 감았다. 불이 보였다. 죽음의 내부를 밝히는 불이었다. 불은 캄캄한 하늘에 홀로 떠 있는 별처럼 아득했다. 그가 보았던 죽음은 깊은 죽음들이었다. 그 죽음들을 뿌리칠 수 있는 힘이 그에게는 없었다. 그러니까 고통의 깊이는 곧 죽음의 깊이였다. 그것은 형언하기 힘든 운명이었다. 그해 5월, 빛의 도시에서 보았던 죽음들은.

운명

1980년 5월 18일 오후 4시

광주직할시 북구 북동 180번지 큰길. 일요일인 데다 날씨가 화창해 많은 사람들이 나들이를 하고 있었다. 햇살은 눈부셨고, 기온은 20도 안팎을 오르내렸다.

오후 3시 40분경, 세 겹 행렬을 이룬 일단의 군인들이 거리에 나타났다. 도청 방향으로 행군하고 있는 그들의 복장이 특이했다. 짙은 카키색의 얼룩무늬 군복이었는데, 하얀 말[馬]을 새긴 마크가 오른쪽 가슴에 붙어 있었다. 날개가 달린 말은 비상을 하려는 듯 두 발을 세우고 있었다. 군화도 흔히 보는 것과는 달리 끝 부분이 날카로웠다.

그들이 들고 있는 진압봉은 길이가 70센티미터로 재료는 물푸레나무나 박달나무였다. 나무가 한창 물이 오를 때 만든 것이라 쇠처럼 단단했다. 강한 플라스틱 방탄 헬멧은 기존의 철모보다 훨씬 가벼웠다. 앞쪽에는 필요시 뒤로 넘길 수 있는 얼굴 보호용 철 망이 달려 있었다.

그들의 발자국 소리는 무겁고 매몰찼다. 너무나 무겁고 매몰차 암울한 느낌까지 불러일으켰다. 북동 180번지와 누문동 62번지 를 연결하는 횡단보도 앞에서 행군을 멈춘 그들은 새로운 대오를 갖추기 시작했다. 등을 비스듬히 가로지르는 M16 소총이 철거덕 거렸다.

박태민은 움직임이 없는 군인들을 응시했다. 그들의 침묵과 부 동은 소름이 돋을 정도로 깊고 단호했다. 시계를 보았다. 정각 4시 였다. 그때였다. 초록색의 군 차량에 설치된 스피커에서 카랑카랑 한 소리가 울려 퍼졌다.

"시민 여러분, 빨리 집으로 돌아가십시오. 빨리 돌아가십시오."

시위 현장 주위에는 꽤 많은 시민들이 있었다. 그들은 시내에 처음 투입된 얼룩무늬 군인들을 호기심 어린 눈으로 지켜보고 있 었다. 선무 방송의 목소리가 하도 위압적이라 다소 불안하기는 했 지만 대부분은 구경만 할 뿐인데 괜찮겠지, 하는 마음이었다. 그 로부터 1분도 채 못 돼 스피커에서 명령이 떨어졌다.

"거리에 있는 사람은 전원 체포하라."

명령과 동시에 군인들은 용수철처럼 앞으로 튀어나왔다. 박태 민은 군중 속에서 재빨리 벗어나 눈여겨보아 둔 빌딩 안으로 들어 갔다. 거리를 조망하는 데 아주 적합한 곳이었다.

군인들은 시위대와 구경꾼을 가리지 않았다. 젊은 남자면 무조건 공격했다. 진압봉에 머리를 맞아 쓰러지면 서너 명이 달려들어 피투성이로 만든 후 군 트럭에 짐짝처럼 실었다. 군인들은 그들뿐이 아니었다. 어디서 대기하고 있었는지 열한 대의 군 트럭이 횡단보도 근처로 잇달아 들어와 수많은 얼룩무늬들을 풀었다. 거리는 순식간에 아비규환으로 변했다. 어떤 말도 몸짓도 소용없었다. 피가 튀고 비명이 난무했다. 두세 명이 한 조가 된 공수 대원들은 목표물을 끝까지 추적했다. 집 안으로 도망가도 소용없었다.

공수 대원에게 쫓긴 한 학생이 북동 우체국 옆 골목의 마지막 집으로 뛰어 들어갔다. 혼자 집을 지키고 있던 할머니가 학생을 안방 장롱 속에 숨겼다. 곧이어 들이닥친 공수 대원이 방금 들어온 학생 어디 있느냐고 물었다. 할머니가 모른다고 하자 거짓말을 한다면서 진압봉으로 머리를 때려 실신시킨 후 집 안을 뒤지기 시작했다.

학생 한 명이 금남로 한미제과 앞 양복점 안으로 숨어들었다. 양복점에서는 직원 두 사람이 옷을 다리고 있었다. 쫓아온 공수 대원은 구석에 숨어 떨고 있는 학생의 멱살을 잡아 일으키더니 뜨거운 다리미를 빼앗아 머리와 얼굴을 마구 내리친 후 바깥 도로로 내팽개쳤다.

학생 두 명이 쫓기다가 골목 안으로 들어갔다. 다급해진 그들은 대문을 밀치고 가정집으로 뛰어들었다. 다행스럽게도 지붕으로 통하는 계단이 있어 다른 집으로 도주할 수가 있었다. 뒤쫓아 온 공수 대원이 안방 문을 열어젖혔다. 청년 두 명이 바둑을 두고 있었다. 한 청년의 러닝셔츠에는 ROTC라는 글씨가 새겨져 있었다. 청년들이 고개를 돌리는 순간 진압봉이 날아왔다. 부엌에 있던 청년의 어머니가 달려와 '이 애들은 종일 집에만 있었다'고 외쳤으나 소용이 없었다. 공수 대원은 울부짖으며 가로막는 어머니를 군홧발로 밀어내며 청년들을 끌고 갔다.

시민들은 길 군데군데 흥건히 고인 핏물을 보며 치를 떨었다. 주저앉아 통곡하는 아낙들도 있었다. 빌딩에서 빠져나온 박태민은 어디론가 전화를 걸었다. 상대방을 확인한 그는 지금 가장 시급한 것이 시위대의 무장이라고 말하면서 당장 화염병을 만들라고 지시했다. 격정을 억제하는 그의 목소리는 몹시 떨리고 있었다.

한동안 들리지 않던 헬리콥터 소리가 나면서 전투 경찰들이 움직이기 시작했다. 헬리콥터의 무전 연락으로 시위대의 위치를 손바닥 보듯 파악하고 있는 그들은 시위대를 힘으로 밀어붙였다. 해산을 목적으로 한 오전의 작전과는 판이했다. 경찰에 밀린 계림동의 시위대와 산수동의 시위대가 공용 터미널 광장에서 자연스럽게 만났다. 금남로로 통하는 도로에서 시위를 하던 학생들도 어느덧 공용 터미널 광장까지 밀려왔다. 경찰의 작전을 간파하지 못한 학생들은 뜻밖의 만남에 환호했다. 잠시 후 시위대의 앞과 뒤에서

공수 부대가 동시에 나타났다. 그들은 착검한 총을 앞세우고 빠르게 다가왔다. 붙잡힌 학생들은 머리부터 터졌다. 그래도 반항하면 대검에 찔렸다.

학생들 중 일부가 공용 터미널 안으로 들어갔다. 뒤쫓아 들어간 공수 대원들은 방독면을 쓰고 최루탄을 여기저기 터뜨렸다. 터미널 안은 아수라장이 되었다. 고통을 이기지 못해 유리창을 깨고 뛰쳐나가는 사람들도 있었다. 미처 나가지 못한 사람들은 서로를 밟고 넘어졌다. 공수 대원들은 젊은 남자다 싶으면 진압봉을 휘둘렀다. 비명 소리가 곳곳에서 들렸다. 어린아이의 울음소리도 있었다. 최루탄에 익숙해 있고 위기의식에 사로잡힌 학생들은 대부분 빠져나갔다. 하지만 버스를 기다리거나 친지를 만나러 온 젊은 남자들은 영문도 모른 채 피투성이가 되어 끌려 나왔다.

군 트럭 안도 처참했다. 잡혀 온 사람들 모두가 부상으로 신음했다. 감시 군인들은 바닥에 납작 엎드려 있는 그들의 몸을 질근질근 밟고 다녔다. 트럭 아래로 핏물이 뚝뚝 떨어졌다.

그날의 폭력은 북동 180번지 큰길과 공용 터미널 부근에만 한정된 것이 아니었다. 일흔 명으로 시작된 7공수 여단 33특전 대대 선발대 진압 작전은 33대대 잔여 병력 2백여 명과 35대대 병력 3백여 명이 추가로 투입되면서 광주 시내 전 지역으로 확산되었다. 1979년 10월 18일 부마 항쟁 당시 부산에 투입되었던 7공수 여단은 5월 18일 새벽 2시 반경 전남대와 조선대에 각각 진주했다. 시내 주요 기관은 향토 사단 병력인 일반 계엄군이 장악하고 있었다.

진압 작전은 성공한 듯 보였다. 오후 5시가 되자 노동청 앞 시위를 마지막으로 학생들은 자취를 감추었다. 시민들도 예외가 아니었다. 잡히면 죽는다는 공포감에 귀가를 서둘렀다. 상가가 철시되고 시내 교통은 마비되었다.

오후 6시 전남북 계엄 분소는 광주 시내 일원의 통금 시간을 9시로 앞당긴다고 발표했다. 그런데 저녁 7시경 광주고등학교와 계림 파출소 사이에 시위대가 다시 나타났다. 3백여 명쯤 되어 보였는데, 그들의 모습은 낮의 시위대와 달랐다. 대열의 전면에 선 청년들은 학생이 아니었다. 그들은 학생들을 뒤로 보내고 자신들이 전면에 섰다. 그들이 손에 쥐고 있는 것은 보도블록 조각이나 돌이 아니라 각목과 쇠파이프였다.

공수 부대가 달려들었다. 종전의 시위대와는 달리 청년들은 결코 물러서지 않았다. 말 그대로 백병전*이 시작되었다. 시간이 지나자 공수 부대가 밀리기 시작했다. 시위대는 계속 밀어붙였다. 산수동 오거리에 이르자 새로운 공수 부대가 나타났다. 시위대가 무너지기 시작했다. 그들은 흩어지면서 골목으로 달아났다. 공수

*백병전 : 칼이나 창, 총검 따위와 같은 무기를 가지고 적과 직접 몸으로 맞붙어서 싸우는 전투.

부대는 그들을 잡기 위해 인근 주택가를 이 잡듯이 뒤졌다.

그 시각 노동청 앞과 지산동, 광주공원, 금남로 일부에서도 소규모 시위대들이 출몰했다. 마흔 명 안팎의 시위대들은 어둠을 최대한 활용하여 게릴라식 시위를 벌였다. 시위대가 사라진 것은 11시 경이었다. 하지만 가정집과 여관을 대상으로 한 공수 부대의 색출 작전은 자정이 넘어서도 계속되었다. 군인들이 학생들의 학적부를 들고 전 시내 주택가를 수색한다는 소문이 돌아 시민들은 밤새 공포에 떨었다. 이날 공수 부대에 하달된 작전 명령은 '화려한 휴가'였다.

5월 19일 새벽

한 대의 열차가 광주역 플랫폼으로 천천히 들어서고 있었다. 새벽 1시가 다 되어 가는 시각이었다. 전날 밤 서울 청량리역에서 출발한 열차였다. 역무원들이 바쁘게 움직이기 시작했다. 열차가 토해 낸 승객들은 전부 공수 특전단 군인이었다. 조용하던 역사(驛舍)는 금방 군인들로 가득 찼다. 그들의 눈은 수면 부족으로 붉게 충혈되어 있었다. 등에 짊어진 배낭이 무척 무거워 보였다. 역 광장에는 수십 대의 군 트럭들이 그들을 기다리고 있었다.

광장에 선 강선우는 무거운 눈꺼풀을 들어 올렸다. 엷은 구름 사이로 희미하게 떨고 있는 별이 보였다. 열차 속에서 얼핏 보았던 들판이 떠올랐다. 보랏빛 들판 위에 별들이 흐르고 있었다. 수많은 들판들이 텅 빈 새벽 역과 함께 스쳐 지나갔다. 그들이 스쳐 지나가는 소리가 잠결에 어렴풋이 들려왔다. 나직나직 수군거리는 그 소리들은 어둡고 미지근한 대기에 실려 어디론가 사라져 가고 있었다.

달이 밝으면 들판이 얼마나 환한지, 그는 잘 알고 있었다. 달빛에 싸인 들판을 가만히 보고 있노라면 들판은 소리 없이 일어나 춤을 췄다. 그 고요한 춤은 모든 소리들을 모아 하나의 소리로 만들었다. 풀벌레 소리와 바람 소리, 억새들의 서걱거리는 소리 들은 물론이고 보초병들의 발자국 소리와 웅얼거리는 소리까지 뒤섞여 자신의 율동 속으로 끌어들였다. 춤의 푸르스름한 옷자락이 졸음에 겨운 그의 눈꺼풀 위로 살며시 내려앉곤 했다.

강선우는 시선을 천천히 내렸다. 움푹 파인 두 눈 속으로 어둠에 잠긴 도시가 들어왔다. 그는 눈을 깜박였다. 다섯 갈래로 뻗어 나간 도로는 텅 비어 있었다. 인적은 어디에도 없었다. 도시는 깊은 잠에 빠져 있었다. 그 깊은 잠은 광장에서 우글거리고 있는 병사들을 낯선 존재로 만들고 있었다. 누군가 깨어나 잠의 성벽 바깥을 내려다본다면 괴상한 모습의 침입자가 나타났다고 생각할 것이다.

작년 10월 26일 박정희 대통령 시해 사건 이후 정신 교육과 함께 폭동 진압 훈련인 충정 훈련이 늘기 시작했다. 전쟁 발발 시, 적 후방 지역에 침투하여 주요 시설 파괴와 요인 암살 등의 임무를 수행하는 특전사의 교육 훈련은 실전을 방불케 했다. 병사들의 입에서 투덜거리는 소리가 나는 것은 당연했다.

그해 12월 12일 밤에는 비상이 발령되었다. 네 시간 후 해제되었지만 부대 안에서 이상한 소문이 떠돌기 시작했다. 정승화 육군 참모 총장이자 계엄 사령관이 보안 사령관에 의해 체포되었다는 소문이 있는가 하면, 3공수 여단장이 유혈 작전 끝에 직속상관인 특전 사령관을 체포했다는 소문도 있었다. 참으로 놀라운 소문이었다. 둘 다 하극상에 의한 사건이라 믿어지지 않았지만 모두 사실임이 나중에 판명되었다.

해가 바뀌면서 다른 교육 훈련은 대부분 정지되고 충정 훈련만 반복되었다. 4월 중순, 부대가 강원도 산골짜기에서 김포비행장 근처로 이동한 후 훈련의 강도는 한층 높아졌다. 부대원을 두 그룹으로 나누어 한 그룹은 폭도, 다른 그룹은 방어 부대의 역할을 했다. CS탄과 헬기를 비롯하여 장갑차까지 동원되었다. 폭도 역할의 그룹은 500MD 헬기에서 눈처럼 하얗게 쏟아지는 최루탄을 고스란히 맞았다. 그뿐 아니었다. 정신 교육과 출동 준비 군장을 꾸렸다가 해체하는 훈련이 매일 밤 계속되었다. 그렇다고 식사가 좋아지는 것도 아니었다. 늘 배가 고팠고, 잠이 모자랐다. 지휘관들은 날로 과격해져 가는 학생 시위가 국가 안보를 위태롭게 한다면서 충정 훈련의 중요성을 틈만 나면 강조했다. 병사들은 자욱한 최루 가스 속에서 쓰린 눈을 홉뜨며* 학생들을 증오했다. 우리가

---

* 홉뜨며 : 눈알을 위로 굴리고 눈시울을 위로 치뜨며.

이렇게 고생하는 것은 데모하는 학생 놈들 때문이라는 말이 병사들 사이에서 거리낌 없이 공공연하게 오갔다.

5월이 되면서 학생 시위가 급격히 확산되었다는 소문이 부대 안으로 흘러 들어왔다. 서울 시가지가 완전히 마비되었다는 심상치 않은 말까지 들렸다. 지휘관들의 얼굴에 긴장이 서리고 있었다. 최규하 대통령이 중동으로 석유 외교를 떠난 5월 10일부터는 출동 준비 명령이 수시로 떨어졌다. 그것은 훈련이 아닌 실제 상황이었다. 병사들은 팽팽한 긴장과 흥분 속에서 육중한 군장을 짊어지고 트럭에 탑승, 대기했다. 그러나 명령은 번번이 취소되었다. 병사들의 불만은 고조되고 있었다. 내면에 차곡차곡 쌓이는 증오를 감당하기란 쉽지 않았다. 5월 17일에도 출동 명령이 떨어졌다. 밤 11시였다. 그런데 그 명령은 여느 날처럼 취소되지 않았다. 한 시간 후 장교와 사병을 실은 수많은 차량들이 부대를 출발했다.

새벽녘, 서울의 한 대학교에 도착한 부대는 2개 조로 편성되었다. 한 조는 텐트 설치의 임무를 맡았고, 다른 조는 학교 주위와 건물 수색을 맡았다. 숙영지 주위의 수색은 기본이었다. 하지만 그날의 수색은 전혀 달랐다. 학생들을 전원 연행하라는 대대장의 명령이 수색조에 떨어졌다. 학교는 아수라장이 되었다. 정문 수위실 지하에는 몇몇 학생들이 초주검이 되어 신음하고 있었다.

5월 18일 오후, 이동 명령이 또 떨어졌다. 목적지는 광주였다. 그곳에서 심각한 사태가 벌어졌다는 지휘관의 말이 병사들 사이로 빠르게 전파되었다. 1개 대대 병력 260명이 오후 4시 30분 성남비행장에서 수송기로 먼저 이동했다는 사실도 전해졌다. 해가 질 무렵 군 트럭이 도착한 곳은 청량리역이었다. 병사들은 객차 13량과 화차 2량에 몸을 실었다. 그들이 바로 3개 대대 1,146명의 병력으로 구성된 11공수 여단이었다.

"어이, 강 하사. 차 안 타고 뭐 해!"

그는 흠칫 놀라며 고개를 들었다. 괴상한 모습의 침입자들이 검은 트럭 속으로 들어가고 있었다.

오전 10시

아침이 오고 있었다. 새가 지저귀고 나뭇잎이 흔들리면서 사람들의 발자국 소리가 여기저기서 들려왔다. 하지만 이날의 아침은 여느 날과 달랐다. 어젯밤 도시가 잠을 이루지 못했던 것이다. 그들의 눈이 보았고, 그들의 귀가 들었고, 그들의 오장 육부가 겪었던 것. 그것은 이해가 불가능한 사건이었다.

아침이 되자 바깥으로 나온 사람들은 삼삼오오 모여 어제의 일들을 반추했다. 직접 목격했던 광경, 혹은 남에게 들은 이야기들을 서로 나누면서 치를 떨었다. 어떤 언어로도 표현되지 않는 참경이었다. 더욱이 '계엄군에게 환각제를 먹였다', '경상도 군인이 전라도 씨를 말리러 왔다'는 소문이 떠돌고 있어 불안을 한층 가중시켰다. 경상도 억양의 공수 대원들이 많이 목격된 것은 사실이었다. 라디오를 켜고 텔레비전을 틀어 보았지만 어제의 참경에 대해 설명하는 말은 하나도 없었다. 마술에 홀린 듯한 느낌이었다. 밤을 지새우면서, 혹은 어렴풋한 잠결에서 그들은 조금씩 조금씩 깨닫고 있었다. 그들이 보았던 것으로부터 도망친다는 것이 불가능하다는 사실을.

아침 햇살 가득한 금남로에는 사람들이 모여들고 있었다. 돌아오지 않는 가족과 친지를 찾아, 전날의 악몽에 쫓겨, 분노와 충격을 감당하지 못해 무작정 나온 이들이었다. 시간이 갈수록 불어나 10시경에는 3, 4천 명을 헤아렸다. 학생들은 소수였고 자유업을 하거나 직업을 가진 청년들이 다수를 차지했다. 젊은 사람들만 있는 것이 아니었다. 아낙네들은 물론이고 중년층과 노년층들도 꽤 눈에 띄었다. 그들 대부분은 정치에 관심이 없던 이들이었다. 전두환이 누구인지조차 몰랐고, 학생들의 시위에 눈살을 찌푸렸다. 하지만 오늘은 달랐다. 학생들의 선동적인 열변에 박수를 치고 함성을 질렀다. 군과 경찰은 확성기와 헬기를 동원, 해산을 종용하고 있었지만 요지부동이었다.

10시 40분경 경찰의 최루탄이 비 오듯 날아왔다. 투석으로 맞선 시위대는 도로변의 대형 화분과 교통 철책, 공중전화 박스 등으로 바리케이드*를 만들었다. 시위는 시간이 갈수록 격렬해지고

*바리케이드 : 흙이나 통, 철망 따위로 길 위에 임시로 쌓은 방어 시설.

28

있었다. 적지 않은 청년들이 근처 지하상가 공사장에서 가져온 각목과 철근, 쇠파이프로 무장했고, 대량의 화염병이 시위대 속으로 들어오고 있었다.

오전 11시

땀방울이 턱을 타고 목으로 흘러내리고 있었다. 강선우는 이마를 찡그렸다. 목을 뒤로 젖히고 싶었다. 그뿐 아니었다. 바짝 마른 입 안에는 뜨거운 모래가 들어 있는 것 같았다. 입을 벌려 그것을 뱉고 싶었다. 뻣뻣이 굳어 있는 팔도 움직이고 싶었고, 관자놀이를 짓누르는 헬멧도 벗고 싶었다. 하지만 어떤 동작도 금지되어 있었다. 아무리 사소한 움직임이라도 용납되지 않았다.

그는 앞을 쏘아보았다. 시위대가 눈 안으로 들어왔다. 그들과의 거리는 멀지 않았다. 멀지 않은 곳에서 그들은 자유롭게 움직이고 있었다. 팔을 흔들기도 했고, 소리를 지르기도 했고, 노래를 부르기도 했다. 그는 눈을 가느스름하게 떴다. 시위대의 사람들이 흐려지면서 잿빛 얼룩처럼 보였다.

광주역 광장을 떠난 군 트럭이 조선대학교 연병장에 도착한 시각은 새벽 2시 반경이었다. 텐트는 이미 설치되어 있었다. 피로에 지친 병사들은 곧 깊은 잠 속으로 빠져 들었다. 기상 시간은 세 시간 후였다. 짓누르는 잠을 떨쳐 내느라 애를 먹었다. 아침 식사 후 단독 군장(軍裝)으로 집합했다.

차량이 연병장을 출발한 시각은 10시경이었다. APC 장갑차를
선두로 1백여 대의 차량이 광주 시내를 향했다. 잡담은 일절 금지
되었다. 30여 분 후 차량은 시내로 진입했고, 베레모를 방탄 헬멧
으로 바꾸어 쓰라는 명령이 떨어졌다. 그것은 하차를 의미했다. 아
스팔트에 발을 딛는 순간 강선우의 눈에 들어온 것은 손목시계였
다. 유리가 깨진 그 시계는 햇살 속에서 은빛으로 반짝거렸다. 그
는 얼핏 시계 소리를 들은 듯했다. 하지만 바늘은 정지해 있었다.

돌이 날아오고 있었다. 시위대들이 던지는 돌이었다. 어깨가 꽤
아팠다. 헬멧에서도 둔탁한 소리가 났다. 하지만 그는 꿈쩍도 하
지 않았다. 다른 병사들도 마찬가지였다. 그들은 부동자세라는 명
령 속에 갇혀 있었다. 이 명령에서 풀려나지 않는 한 그들은 움직
일 수가 없었다.
"돌격 앞으로!"
지역 대장의 외침이 귓속으로 파고들었다. 강선우는 직선으로
달려 나갔다. 몸에 닿는 바람이 뜨거웠다. 잿빛 얼룩들이 흩어지
고 있었다. 하늘이 기우뚱거리면서 취기와 같은 열기가 몸을 휘감
았다. 눈앞에서 얼룩들이 출렁거렸다. 잿빛이 짙어지면서 얼룩들
은 수많은 색으로 분해되고 있었다. 그 빛들의 산란 앞에서 정욕
을 느꼈다. 정욕은 이글거리는 불이었다. 검은 얼룩이 눈 안으로
들어왔다. 헐떡이는 숨소리도 들렸다. 진압봉을 내리쳤다. 퍽 하

는 소리와 함께 검은 얼룩이 무너졌다. 하늘이 다시 기우뚱거리기 시작했다.

정오

텅 빈 거리에 병사 한 명이 우두커니 서 있었다. 광대뼈가 두드러지게 튀어나온 검은 얼굴이 불안스러워 보였다. 시선은 무엇에 사로잡힌 듯 고정되어 있었다. 핏자국이 길 위 여기저기에 보였다. 그의 군복도 핏물로 얼룩져 있었다. 그가 뭐라고 중얼거렸는데, 신음 소리처럼 들렸다.

장갑차까지 동원한 오전의 시위 진압은 어제보다 한층 조직적으로 전개되었다. 산재해 있는 시위대를 한곳으로 몰아넣은 후 그 중심부로 파고들었다. 진압봉과 총의 개머리판, 대검은 훌륭한 무기였다. 흰 장갑과 군복은 금방 벌겋게 물들었다. 장갑차는 여러 곳의 길목을 차단, 도주를 최대한 막았다. 서너 명을 한 조로 한 대원들은 빠져나간 시위대를 찾기 위해 인근 주택가나 사무실, 가게 등을 샅샅이 수색했다. 양상은 어제와 비슷했으나 폭력의 강도는 훨씬 높았다. 대검을 예사로 사용했다. 눈에 거슬리는 행동이 보이면 그 즉시 허벅지나 옆구리를 푹 쑤셨다. 연행자가 빨리 걷지 않는다고 등을 쑤시기도 했다. 지나가는 버스나 택시를 세워 젊은 사람이면 무조건 끌어내렸다. 운전사가 조금이라도 불만스러운 표정을 보이면 그냥 두지 않았다. 효과는 금방 나타났다. 공수 부대가 투입된 지 한 시간도 채 되지 않아 시위대는 자취를 감추었다. 점심때가 되자 시위대는 어디에도 보이지 않았다. 상가는 이미 철시했고, 관공서와 회사들은 직원들을 일찍 퇴근시켰다.

바람이 불었다. 바람은 한 장의 유인물을 끌고 오더니 병사의 발 아래에 놓았다. 종이의 한쪽 끝이 찢겨 있었다. 병사는 허리를 굽혀 유인물을 집어 올렸다. 그리고 웅얼거리듯 읽었다.

광주 시민 여러분!

이것이 웬 말입니까? 웬 벼락이란 말입니까? 죄 없는 학생들을 총칼로 찔러 죽이고 몽둥이로 두들겨 트럭으로 실어 가며 부녀자를 발가벗겨 총칼로 찌르는 놈들이 누구란 말입니까? 이들이 공산당과 다를 바가 무엇이 있겠습니까?

이제 우리가 살 길은 전 시민이 하나로 뭉쳐 청년 학생들을 보호하고 유신 잔당과 극악무도한 살인마 전두환 일파의 공수 특전단 놈들을 한 놈도 남김없이 쳐부수는 길뿐입니다.

우리는 이제 다 보았습니다. 다 알게 되었습니다. 왜 학생들이 그토록 소리 높이 외쳤는가를. 우리의 적은 경찰도 군대도 아닙니다. 우리의 적은 전 국민을 공포의 도가니로 몰아넣고 있는 바로 유신 잔당과 전두환 일파 그자들입니다. 죄 없는 학생들과 시민이 수없이 죽었으며 지금도 계속 연행당하고 있습니다. 이자들이 있는 한 동포의 죽음은 계속될 것입니다. 지금 서울을 비롯하여 도처에서 애국 시민의 궐기가 계속되고 있습니다.

광주 시민 여러분!

우리가 하나로 단결하여 유신 잔당과 전두환 일파를 이 땅 위에서 영원히 추방할 때까지 싸웁시다. 최후의 일각까지 싸웁시다. 그러기 위해 5월 20일 정오부터 계속해서 광주 금남로로 총집결합시다.

1980. 5. 19.

광주 시민 민주투쟁회.

오후 3시

눈을 떴다. 낮은 천장이 보였다. 깜박 잠이 든 모양이었다. 방은 어두웠다. 언제나 그랬다. 아침에 눈을 떠도 햇빛은 없었다. 지하실 연탄 창고를 개조해 만든 이곳은 빛이 닿기에 너무 낮았다. 대낮에도 불을 켜야 했다. 그런데 왜 내가 여기에 왔을까? 박태민은 중얼거리며 힘겹게 몸을 일으켰다. 이 방은 공장 노동자이자 조직원인 김선욱의 자취방이었다. 그가 없으리라는 것을 너무나 잘 알고 있었다. 대명천지 속에서 학살이 자행되고 있는데 김선욱이 이 작은 방 안에 웅크리고 있을 턱이 없었다. 이곳을 찾은 것은 두려움 때문이었다. 눈을 감았다. 짙은 어둠은 현기증과 함께 기억 속에서 꿈틀거리고 있는 검푸른 물체들을 끌고 왔다. 병사들이었다. 그들의 군복은 피에 젖어 있었다. 대검에서도 피가 뚝뚝 떨어졌다.

그들의 학살을 처음 보았을 때 박태민은 감각의 혼란을 일으켰다. 저항이 불가능한 인간의 살 속으로 칼을 깊숙이 쑤셔 넣는 그들의 모습이 고통스럽게 보였던 반면에 피를 쏟으며 쓰러지는 이들이 차라리 평온해 보였다. 그것은 명백한 감각의 전도였다. 그럼에도 불구하고 그는 평온이 두려웠다. 그것은 모든 것을 앗아 가는 평온이었다. 추억들, 깊숙한 시간 속에서 흰 새처럼 깃을 치고 있는 사랑과 고통의 기억들. 그가 사랑했고, 그에게 사랑을 주었던 다정한 사람들과의 두텁고 친밀한 우정들. 평온은, 죽음과 닿아 있는 그 평온은 이 모든 것을 앗아 갈 것이다. 아, 그뿐이 아니었다. 비 내리는 밤의 어둡고 고요한 우수, 어슴푸레한 램프 불과 가냘픈 담배 연기, 10월의 오후와 쓸쓸한 가을 하늘, 눈 내리는 들판과 멀리서 들려오는 대금 소리. 이 시리도록 아름다운 것들도 평온과 함께 사라질 것이다. 그는 두려웠다. 모든 사라짐이 두려웠고, 사라짐을 가능하게 하는 죽음이 두려웠다. 그를 여기까지 끌고 온 것은 죽음에의 두려움이었다. 작은 방에, 인기척도 없는 어두운 방에 홀로 있게 한 것은.

죽어 가는 청년의 모습이 떠올랐다. 머리에 치명상을 입은 청년은 입을 벌린 채 힘겹게 숨을 쉬고 있었다. 한쪽 귀가 찢겨져 있었고, 대검에 찔린 듯 허벅지에도 피가 질척였다. 머리에서 흘러내려 뺨과 목을 거쳐 옷을 적시고 있는 핏줄기 속으로 눈물이 스며들고 있었다. 햇살 속에서 흰빛을 머금고 있는 눈물은 따뜻했다.

그 눈물 곁으로 다시 돌아가고 싶었다. 다시 돌아가 피에 섞인 눈물을 핥고 싶었다. 이 비루한 영혼을 거룩하고 신성한 피의 눈물로 씻고 싶었다. 몸이 떨리고 있었다. 깊고 격렬한 떨림이었다.

밤 9시

비가 내리고.있었다. 두툼한 구름에 가린 저녁 하늘은 거무스레했다. 축축한 바람이 흐린 빛에 싸인 도시를 훑고 지나갔다. 도시는 기이한 적막에 갇혀 있었다. 그 적막은 대단히 비현실적이어서 어떤 마술에 의해 도시 전체가 잠들어 있는 것 같았다. 그리하여 길을 잃은 유령들이 황혼도 저녁 별도 잃어버린 하늘 아래서 소리 없이 배회하고 있는 듯했다. 깨진 가로등과 부서진 공중전화 박스들은 이 느낌을 조금도 훼손시키지 못했다. 훼손은커녕 오히려 강화시키고 있었다.

강선우는 상념을 쫓기 위해 머리를 흔들었다. 방탄 헬멧 위로 비가 후두둑 소리를 내며 떨어졌다.

"추워."

누군가의 입에서 신음과도 같은 소리가 새어 나왔다. 그는 소리가 나는 쪽으로 고개를 돌렸다. 병사의 퀭한 눈동자가 시선에 박혔다. 헬멧이 약간 삐뚤어져 있었는데, 퀭한 눈동자와 전혀 어울리지 않았다. 그 옆의 병사는 턱을 가슴에 박은 채 졸고 있었다. 추위와 배고픔도 잠의 무게는 견딜 수가 없는 모양이었다.

오후 1시 반경 텅 빈 거리를 뒤로하고 부대는 조선대학교로 철수했다. 점심 식사를 하기 위해서였다. 대원들은 싸움이 끝났다고 생각했다. 너무 빨리 끝났다면서 아쉬워하는 이들이 적잖게 있었다. 시위대를 대상으로 한 폭력은 허락된 카니발*이었다. 그것은 오랫동안 고통을 견뎌 왔던 그들이 마땅히 받아야 할 보상이었다. 그러므로 그것은 죄가 아니었다. 죄가 될 수 없었다. 그들이 아쉬워한 이유는 여기에 있었다. 고통의 시간은 길었으나 보상의 시간은 너무 짧았다. 하지만 그게 아니었다.

점심 식사가 끝난 지 얼마 안 돼 출동 명령이 떨어졌다. 철수할 때 텅 비어 있었던 거리가 믿어지지 않게도 시위대에 의해 점령되어 있었다. 진압이 시작되자 시위대들은 뿔뿔이 흩어졌다. 금방 진압될 것 같았다. 그런데 시간이 지날수록 뭔가 잘못되어 가고 있음을 느꼈다. 그들의 흩어짐은 일시에 불과했다. 노랫소리와 함께 어느새 무리를 이루었다. 그 수도 오전보다 훨씬 불어나 있었다. 구경꾼에 불과했던 중년층 남자들과 부녀자들도 시위에 가담했다. 무장을 한층 강화시킨 그들은 일방적으로 쫓기기만 했던 오전과는 달리 공세적으로 대항했다. 병사들 쪽에서 부상자가 생기기 시작했다. 때로는 시위대에 밀리는 어처구니없는 상황까지 벌어졌다. 낙오된 병사 한 명이 시위대가 던지는 무수한 돌에 맞아 죽기까지 했다.

*카니발 : 사육제.

병사들은 처음으로 두려움을 느꼈다. 사라질 듯하면서도 결코 사라지지 않는 시위대의 질긴 생명력에 대한 두려움이었다. 그들에게 시위대는 전투의 대상이 아니었다. 욕망의 대상이었다. 즐김의 대상이라는 표현이 더 적합할지도 몰랐다. 시위대가 흘리는 피는 축제의 포도주였으며, 그들이 내지르는 비명은 흥겨운 음악이었다. 그런 그들이 홀연 다른 모습으로 변모해 나타났을 때 그들은 더 이상 욕망의 대상이 아니었다. 그들은 전투의 대상이었다. 전투의 목적은 적의 침묵이다. 침묵은 죽임을 통해 가능하다. 비명 소리를 지르는 육신을 죽이는 것. 이것도 욕망이라면 즐거운 욕망이 아니라 괴로운 욕망이었다. 그들의 피와 비명은 더 이상 달콤한 포도주도, 리드미컬한 음악도 아니었다.

시위대의 저항은 갈수록 격렬해졌다. 그들은 불의 모습으로 병사들을 둘러쌌다. 불에 타지 않으려면 불을 꺼야 했고, 불을 끄기 위해서는 불을 짓밟아야 했다. 병사들은 악착같이 온 힘을 다해 짓밟았다. 그럼에도 불구하고 두려움은 점점 커져 갔다. 짓밟으면 짓밟을수록 불이 더 확산된다는 사실을 깨달았기 때문이었다. 그들은 자신들의 죽음을 통해 존재를 확산시키는 불가사의한 생명체였다.

해가 지면서 비가 내리기 시작했다. 병사들은 비를 반가워했다. 자신들이 결코 끌 수 없는 불을 비가 꺼 주기를 바랐다. 빗줄기가 굵어지면서 거리의 핏자국들이 지워지고 있었다. 병사들의 바람대로 시위대들은 지워지는 핏자국과 함께 어둠 속으로 사라져 갔다.

5월 20일 새벽

텅 빈 성당은 싸늘하고 고요했다. 창으로 스며드는 엷은 불빛은 십자가를 가로질러 맞은편 벽에 머물고 있었다. 제대 앞에서 걸음을 멈춘 도예섭 신부는 십자가를 올려다보았다.

'보라, 보라! 하느님이 누구신지 보라! 여기 십자가 위에 계신 그리스도를 보라! 그분의 상처를, 찢어진 손을 보라! 영광의 임금님이 가시관을 쓰신 모습을 보라! 사랑이 무엇인지를 아느냐? 여기 십자가 위에서 이 못들, 이 가시관으로 괴로워하고 있는 사랑이 여기 있다. 네 죄 때문에, 납이 달린 채찍으로 얻어맞아 몸이 갈기갈기 찢어져 죽음에 이르기까지 피 흘리는 사랑이 여기 있다.'

이 아름다운 목소리를 감격 없이 되뇐다는 것은 불가능했다. 하느님이라는 말, 그리스도라는 말, 상처라는 말, 찢어진 손이라는 말, 가시관이라는 말, 십자가라는 말, 못이라는 말, 죄라는 말. 이 모든 말들은 저마다 고유한 생명력을 갖고 역동적으로 숨 쉬고 있었다. 그러면서 동시에 하나로 어우러지면서 새로운 생명체를 만들고 있었다. 바로 사랑이었다.

사랑이라는 신비스러운 생명체는 결코 홀로 존재하지 않았다. 사랑은 고통스럽도록 아름다운 말들의 육신으로 이루어지고 있었다. 그 피와 뼈와 살은 이루어진 생명체가 아니라 이루어지고 있는 생명체였다.

사랑이 눈에 보이지 않는다고 불평하는 이들이 있지만 그는 볼수 있었다. 사랑을 만질 수 없다고 불평하는 이들이 있지만 그는 만질 수 있었다. 사랑의 발자국 소리도, 한숨 소리도 그는 들을 수 있었다. 세상에는 헤아릴 수 없을 정도로 많은 기쁨이 있지만 이것보다 더 큰 기쁨은 없다고 그는 굳게 믿었다. 그것은 찬란한 기쁨이었다. 너무나 찬란해 눈이 부신 기쁨이었다. 그런 기쁨이 허물어질 수 있음을 꿈에서조차 생각지 않았다. 천지가 개벽해도 허물어질 수가 없는, 허물어진다는 것이 불가능한 기쁨이었다. 그럼에도 그것은 허물어져 있었다. 아름다운 봄날에.

5월 19일 오후 3시경 중앙로 화니백화점 앞에서 신부는 한 청년의 인사를 받았다. 공손히 머리를 숙인 그는 수화로 뭔가를 말하고 있었다. 장애인 학교에서 본 청년이었다. 신부는 고개를 끄덕이며 청년의 어깨를 두드렸다.

30여 분 후 볼일을 마친 신부는 다시 그곳을 지나가다가 못 볼것을 보고 말았다. 조금 전의 청년이 군인들에게 붙잡혀 린치를 당하고 있었다. 청년은 무엇인가를 필사적으로 내보이고 있었건만 소용이 없었다. 상황은 일목요연했다. 운 나쁘게 붙잡힌 청년을 군인들은 추궁했을 것이고, 들을 능력도 말할 능력도 없는 청년은 괴상한 소리로 반응했을 것이다. 그 괴상한 소리가 그들을 자극했음이 틀림없었다. 그런 그들에게 청년이 내보인 농아 장애 증명서가 무슨 소용이 있었을까? 잠시 후 군인들은 구타를 견디다 못해 쓰러진 청년을 트럭에 던져 넣었다.

신부는 꼼짝도 않고 그 광경을 보았다. 몸은 마비가 된 듯 뻣뻣했고, 두 팔은 옆구리에 바짝 붙어 있었다. 어떻게 성당까지 왔는지 몰랐다. 누가 자신을 노려보는 것 같아 고개를 들 수 없었다. 얼굴을 숙인 채 성당을 향해 거의 뛰다시피 걸었다. 어떤 남자와 세차게 부딪쳐 넘어지기도 했고, 엉뚱한 길로 들어가기도 했다. 뭔가 발에 밟혀 내려다보니 주인 잃은 신발이었고, 어깨에 턱 하고 걸리는 게 있어 고개를 드니 버드나무였다.

성당에 들어온 그는 십자가 앞에서 털썩 무릎 꿇었다. 얼굴은 땀과 눈물로 범벅이 되어 있었다. 그는 십자가에 매달린 그리스도를 올려다보며 나직이 부르짖었다. 제가 무엇을 했는지 가르쳐 주소서, 들을 수도 말할 수도 없는 청년이 무서운 고통을 당하고 있을 때, 들을 수도 있고 말할 수도 있는 제가 무엇을 했는지 가르쳐 주소서, 하고 끊임없이 물었다. 해가 질 무렵 성당을 나와 미친 듯이 청년을 찾아다닌 신부는 장대비가 쏟아지는 밤 9시 무렵 국군 통합 병원 영안실에 싸늘한 시체로 누워 있는 청년을 발견했다. 사체 검안서에 적힌 사망 원인은 다음과 같았다.

후두부 찰과상 및 열상, 좌안성검부 열상, 우측 상지 전박부 타박상, 좌측 어깨 관절 타박상, 목뼈 골절, 둔부 및 대퇴부 타박상.

그는 비틀거리며 일어섰다. 둔중하면서도 깊은 통증이 세차게 그를 후려치고 있었다.

'너희는 그저 예 할 것은 예 하고, 아니요 할 것은 아니요라고만 말하여라. 그 이상의 말은 악에서 나오는 것이다.'

그의 입에서 '아니요'라는 말이 신음처럼 새어 나오고 있었다.

저녁 7시

헤드라이트를 켠 대형 트럭들과 버스들을 선두로 2백여 대의 택시들이 일제히 경적을 울리며 땅거미가 깔린 금남로로 들어서고 있었다. 엄청난 차량 시위대였다. 금남로에 집결해 있던 수만 명의 군중들은 노래와 함성으로 강력한 시위대의 출현을 환영했다. 머리에 흰 띠를 두른 청년들은 트럭 위와 버스 안에서 목이 터져라 구호를 외쳤다. 태극기를 흔드는 이들도 있었다.

이날 새벽 4시경부터 시민궐기호소문 3, 4만 장이 시내 일원에 살포되었다. '민족의 영혼은 통곡한다―5·18 폭력 만행의 진상 보고'라는 제목의 유인물은 학생, 시민 들의 피해 상황과 함께 1천여 명의 젊은 학생들이 조선대 캠퍼스에서 고문당하고 있다고 주장하면서 20일 오후 1시 금남로에 총집결하자고 호소했다.

그것은 일종의 지하신문*으로, 엄청난 사태가 일어나고 있음에도 불구하고 침묵을 지키고 있는 언론에 대한 저항이자, 항쟁의

* 지하신문: 허가를 받지 않고 비합법적으로 숨어서 발행하는 신문.

확산을 목적으로 한 선전물이기도 했다.

수많은 시민들이 마당과 거리에 뿌려진 유인물을 보았지만, 그날 아침 7시 30분경 3공수 여단 5개 대대가 숙영지인 전남대에 도착했다는 사실을 아는 이는 거의 없었다. 새벽 1시에 청량리역을 출발한 이 새로운 병력은 밤새 빗속을 뚫고 오늘 아침 광주로 진입했다. 이로써 5월 20일 오전, 광주에 투입된 특전사 병력은 10개 대대 3,405명(장교 504명, 하사관·사병 2,901명)이었다.

공수 부대는 비가 갠 직후 3여단 병력이 추가로 투입되어 금남로를 미리 장악했다. 그럼에도 금남로 주변부로 수많은 시민들이 모여들었다. 대인시장 부근에서는 시위대가 이미 형성되어 있었다. 이들의·구성원은 어제와 많이 달랐다. 대학생으로 보이는 청년들은 별로 없는 반면에 장사하는 아낙네들, 40대 이상의 중년 남자들, 고교생들이 두드러지게 눈에 띄었다.

장갑차를 앞세운 공수 부대와 마주친 그들은 광주고등학교 쪽으로 물러나 대형 화분과 교통 표지판 등으로 바리케이드를 쳤다. 그런데 공수 부대의 태도가 판이하게 달라져 있었다. 시위대를 밀어붙이면서도 진압봉을 별로 사용하지 않았고, 붙잡은 시민들을 그 자리에서 훈방했다. 장갑차도 저지선에서 머물고 있을 뿐 어제처럼 시위대를 향해 돌진해 오지도 않았다. 이런 소강 상태는 3여단 병력 1,190명이 시내로 투입되는 12시 전후까지 계속되었다.

오후 1시 20분경 상업은행 앞에서의 충돌을 시작으로 충장로와 도청에서 수백 명 규모의 시위대와 공수 부대가 유혈 시가전을 벌였다. 시내와 다소 떨어진 계림동에서는 2천여 명의 시민들이 바리케이드를 치고 장갑차를 앞세운 63대대 병력에 대항했으며, 계림극장 근처에서는 중고생 시위대 2백여 명이 나타나 공수 부대에게 돌을 던졌다. 시위가 격화되자 오후 3시부터는 3개 여단 10개 대대의 공수 병력이 투입되었다. 각 대대들은 수천 명의 시위대와 대치했다. 병사들이 시위대를 해산시킨 후 다른 지역으로 이동하면 그 자리를 또 다른 시위대가 점령했다. 그러니까 공수 부대는 19일과는 달리 점과 선만을 확보하고 있을 뿐 공간을 장악하지 못하고 있었다. 공간은 시위대가 장악했다. 그 결과 도청을 향하는 시위대의 거대한 흐름이 형성되고 있었는데, 오후 4시경에는 그 수가 3만여 명에 이르렀다.

그들은 맨손이 아니었다. 각목, 쇠파이프, 야구 방망이, 연탄집게, 식칼, 화염병 등 무기가 될 만한 것은 무엇이든 쥐고 있었다. 이제 공수 부대는 시위대를 추격할 수 없었다. 추격을 했다가는 시위대에 포위당하기 때문이었다. 위기를 느낀 공수 부대는 분산 배치된 병력을 대대 단위로 통합했다. 공세적 진압에서 수세적 진압으로의 전환이었다.

오후 5시경 도청 분수대로 이어지는 여섯 방향의 도로가 시위대의 물결로 넘실거렸다. 선두 대열은 드럼통과 대형 화분 등을 밀면서 저지선을 향해 조금씩 조금씩 다가갔다. 이제 시위를 구경만 하는 시민들은 없었다. 저마다 할 일을 찾아 부지런히 움직였다. 공사장 주변의 돌과 자갈들을 리어카나 함지로 나르는가 하면, 물수건과 치약을 시위대에게 나누어 주었다. 눈가와 코밑에 치약을 바르면 최루 가스를 견디기가 수월했다. 도로 근처의 상점이나 주택가에서는 커다란 물통과 세숫대야에 물을 가득 채워 내놓았고, 충장로와 금남로의 가게 주인들은 음료수와 빵, 담배 등을 시위대에게 제공했다.

5시 50분경 충장로 입구 쪽 시위대들이 스크럼*을 짜고 육탄 돌격했으나 몇 겹으로 쳐 놓은 군경의 바리케이드를 뚫기에는 역부족이었다. 시간은 흘러 주위가 어두워지기 시작했다. 종일 격렬한 싸움을 거듭한 시민들은 무척 지쳐 있었다. 이때 나타난 것이 차량 시위대였다. 운전기사들이 차량이라는 강력한 무기를 앞세우고 시위대에 합세한 것이다. 지쳐 있던 시위 군중들에게 차량 시위대는 놀라운 원군이었다. 「애국가」, 「아리랑」, 「봉선화」, 「선구자」 등의 노랫소리가 울려 퍼졌다. 감격에 겨워 엉엉 우는 이들도 있었다.

차량 시위대에 밀려 조금씩 조금씩 후퇴하던 얼룩무늬들이 장갑차로 바리케이드를 치기 시작했다. 더 이상 물러나지 않겠다는 뜻이었다. 차량들도 멈추어 섰다. 그들 사이의 거리는 20여 미터

*스크럼 : 여럿이 팔을 바싹 끼고 횡대를 이루는 것.

밖에 되지 않았다. 노을은 고요한 하늘 속으로 소리 없이 스며들고 있었다. 그 부드러운 빛깔은 지상의 광경에는 아랑곳없이 마지막 광선을 흡입하며 평화로운 영혼의 불빛처럼 반짝거렸다.

저녁 7시 30분

박태민은 이마에 밴 땀을 쓸었다. 시위의 전환을 그는 온몸으로 느끼고 있었다. 전환의 계기는 물론 차량 시위대였다. 차량이야말로 공수 부대의 저지선을 돌파할 수 있는 유일하고도 강력한 무기였다. 전쟁에서 저지선은 죽음의 선이다. 그것을 뺏기 위해, 혹은 지키기 위해 피아가 사력을 다한다. 그러므로 차량 시위대란 죽음을 향해 다가가는 이들이었다. 박태민은 무엇이 운전기사들로 하여금 죽음을 무릅쓰도록 했는지 생각해 보았다.

가장 먼저 생각할 수 있는 것이 분노였다. 운전기사들은 시내를 운행하면서 누구보다도 공수 부대의 만행을 많이 목격했을 뿐 아니라 폭행도 많이 당했다. 폭도를 태워 줬다, 제대로 정차하지 않았다, 불만의 표정을 지었다 등 폭행의 이유는 다양했다. 한때는 지나가는 차를 무조건 세워 놓고 기사를 구타했다. 폭도를 실어 나르는 놈들에게 맛을 보여 준다는 것이었다. 부상당한 이를 싣고 병원으로 향하던 운전기사가 폭도를 빼돌린다는 이유로 대검에 찔려 죽기까지 했다.

그들의 분노는 당연했다. 분노야말로 차량 시위대를 조직하게

한 근원적인 힘이었다. 하지만 그것만으로는 설명이 충분치 않았다. 단지 분노를 풀기 위해 죽음을 불사한다는 것은 납득하기 힘들었다. 이 의문은 운전기사들에게만 한정되는 것이 아니었다. 죽음을 무릅쓴 시위가 이미 도처에서 수없이 행해져 왔다. 학생들은 그렇다 치자. 그들에게는 민주화에 대한 신념, 세계 변혁에 대한 열정이 있으니까 말이다. 그들의 신념과 열정은 봉기의 발화점이었다. 하지만 봉기가 확산될수록 학생들은 그 수가 줄어들면서 시위대의 주변부로 밀려나고 있었다. 그것은 신념과 열정이 봉기의 발화점은 되었을지언정 봉기 확산의 원동력이 아니었음을 뚜렷이 보여 주는 증거였다.

한 가지 분명한 것은, 학생이든 아니든 시위대들이 공통적으로 품고 있는 감정이 분노라는 사실이다. 따라서 분노의 실체야말로 의문을 풀 수 있는 열쇠였다.

분노의 1차적 감정이 자신이 직접 당했거나 가족, 친지, 동료 들이 당한 부당한 폭력에 대한 원한이라면, 인간을 짐승처럼 때려죽이고 찔러 죽이는 비인간적 행위에 대한 윤리적인 분노가 2차적 감정이었다. 박태민은 공수 대원들의 가공스러운 폭력에도 경악했지만 그 행위를 즐기는 듯한 그들의 모습에서도 경악을 금치 못했다. 물론 모두가 그랬던 것은 아니었지만 폭력을 행하면서 그들이 얼핏 드러냈던 표정과 행동에서 분명히 감지되었다. 그것이 윤리적 분노의 감정을 깊이 자극했을 것임에 틀림없었다. 윤리적 분노는 분노의 질과 양을 비약, 증대시킨다.

광주는 다른 어떤 도시보다 공동체 의식이 강한 곳이었다. 상공업 발전의 부진으로 타 지역 이주 인구는 많아도 유입 인구가 거의 없어 농촌 공동체의 모습이 여전히 남아 있었다. 더욱이 호남 차별에 대한 예민한 인식은 그들의 공동체 의식을 강화시켜 왔다. 공동체 의식이 윤리적 분노의 수위를 높이는 데 큰 역할을 했음은 말할 나위가 없다.

하지만 이것뿐이었을까? 그들로 하여금 죽음의 공포를 이겨 내게 한 것이 그런 분노의 감정뿐이었을까? 그 분노를 감싸면서, 분노를 초월하는 다른 감정은 없었던가?

박태민은 자신을 뒤돌아보았다. 죽음 앞에서 벌벌 떨고 있는 모습이 또렷이 보였다. 얼마나 무서웠던가. 생명이 사라진다는 것이. 차가운 사물이 되어 지상의 불빛이 닿지 않는 곳으로 흘러간다는 것이. 그 뚜렷한 공포 앞에서 사상은 무력했다. 사상은, 그 휘황한 영혼의 불은 철저히 무력했다. 사상의 폐허 속에서 남은 것은 비루한 몸뚱이뿐이었다. 그 몸뚱이는 너무나 비루했다. 그보다 더 비루한 것이 존재한다는 것은 불가능했다. 그는 비루함을 견디지 못했다. 견딜 수가 없었다. 견디지 못하는 영혼은 눈물을 하염없이 흘려보냈으나 비루함을 씻지는 못했다. 비루함을, 벌레보다 못한 비루함을 씻은 것은 희생자의 눈물이었다. 갈기갈기 찢긴 육신에서 새어 나오는 눈물이, 어딘지 모를 곳으로 가야 하는 이가 지상에서 마지막으로 흘리는 희디흰 눈물이 비루함을 깨끗이 씻어 내었다.

박태민은 주위를 찬찬히 둘러보았다. 모두가 낯선 얼굴이었다. 그럼에도 불구하고 조금도 낯설지 않았다. 낯설기는커녕 친근감이 따뜻한 물처럼 스며들었다. 정다우면서도 우수 어린 친근감이었다. 그들은 모두 자신의 비루함을 견디지 못해 희생자의 눈물 속으로 달려온 사람들이었다. 피와 눈물이 고여 있는 이곳으로. 죽음과 맞서기 위해.

그는 고개를 끄덕였다. 모두가 똑같은 사람들이었다. 똑같이 분노했고, 똑같이 비루함을 느꼈으며, 똑같이 눈물을 흘렸다. 그리하여 지금, 죽음과 경계를 이룬 이곳에 나란히 서 있는 것이다. 이것은 우리 모두의 운명이었다.

한없이 느리면서도 부드럽고 깊은 움직임이 그를 감싸고 있었다. 그것은 자유의 물결이었다. 자유의 물결은 황홀하면서도 고통스럽게 그를 에워싸고 있었다.

공수 부대 뒤에서 진을 치고 있던 경찰들이 최루탄을 쏘기 시작했다. 귀를 찢는 듯한 소리와 함께 최루탄들이 비 오듯 날아왔다. 페퍼 포그* 차에서도 엄청난 가스들이 쏟아져 나왔다. 숨을 제대로 쉴 수 없었고, 눈물이 줄줄 흘러내렸다. 방독면을 착용한 군인

*페퍼 포그 : 다연발 최루탄.

들이 대검과 진압봉을 움켜쥐고 시위 군중 속으로 짓쳐들어왔다. 그들은 시야를 방해하는 헤드라이트를 부수며 전진했다. 유리창도 박살이 났다. 차 안에 있는 이들이 뛰쳐나오면 냉혹한 난타가 가해졌다. 처절한 유혈전이었다. 진압봉과 대검은 살해를 향해 집중했고, 각목과 쇠파이프와 야구 방망이와 낫은 살해에 맞섰다. 하늘을 가리는 가스의 안개비 속에서 피와 비명이 난무했다.

박태민은 간신히 눈을 떴다. 눈 안에 모래가 가득 들어 있는 것 같았다. 머리가 깨어져 피투성이가 된 남자를 부둥켜안고 통곡하는 여자의 모습이 어렴풋이 보였다. 그녀의 옷도 피투성이였다. 깨어지고 부서진 차들 사이에 부상자들이 즐비했다. 저문 하늘의 잔광은 그들의 모습을 비현실적으로 드러내고 있었다. 피를 흘리는 그들의 몸은 검붉은 물감으로 덧칠한 그림의 일부처럼 보였다. 길바닥에 고인 핏물도 마찬가지였다. 시간은 그 속으로 흘러 들어가지 못하고 있었다. 소리도 움직임도 지워져 있었다.

그는 자신의 몸이 바싹 마른 흙으로 이루어져 있다는 느낌을 받았다. 넋이 없는 이 육신은 조금만 움직여도 부서져 내릴 것 같았다. 꿈의 손이 눈꺼풀을 무겁게 누르고 있었다. 무엇이 다가오는 게 보였다. 흐린 시야 속에서 그것은 그림자처럼 밋밋했다. 어디엔가 파묻히고 싶었다. 깊고 아늑한 곳에, 공처럼 몸을 웅크리고. 눈을 감았다 떴다. 그림자 같은 물체가 점점 가까이 오고 있었다.

움푹 파인 두 눈이 보였다. 작고 어두운 두 눈은 짐승의 그것처럼 파란 불을 내뿜고 있었다.

강선우는 우두커니 서 있는 사내를 노려보았다. 쇠파이프를 움켜쥐고 있는 사내는 분명 시위대였다. 그럼에도 불구하고 도망가지 않았다. 도망은커녕 꼼짝도 하지 않았다. 이상했다. 자욱한 가스 비 속에서 사내는 나무처럼 서 있었다. 자신의 대검을 내려다보았다. 그것은 피로 시뻘겋게 물들어 있었다. 군복도 마찬가지였다. 소맷자락에는 선지피가 엉겨 있었다. 꼭 피의 통 속에 빠졌다가 나온 것 같았다. 진압봉은 언제 어떻게 떨어뜨렸는지 기억나지 않았다. 아픔이 몰려왔다. 어깨가 쑤셨고, 등살이 아팠다. 시위대의 쇠파이프에 맞은 곳이었다. 그자의 몸을 찔렀을 때 근육을 뚫고 튀어나오는 흰 뼈를 보았다. 상대방의 울음 같은 비명을 목구멍 깊숙이 삼켰다. 칼을 뺄 때 너무 힘들어 몸이 후들후들 떨렸다. 그는 길을 잃었음을 알았다. 대열에서 이탈하면 위험하다. 하지만 이탈했음이 분명했다. 등 뒤가 텅 빈 것처럼 느껴지는 것이 그 증거였다. 그럼에도 몸을 돌리지 않았다. 몸을 돌려야 한다는 생각조차 하지 않았다. 다만 눈앞에 우두커니 서 있는 사내가 궁금할 뿐이었다. 왜 저렇게 서 있기만 하는 것인지, 이유를 알고 싶었다. 입 안이 칼에 베인 듯 쓰려 왔다. 그는 혀로 바짝 마른 입술을 축였다.

다가오고 있는 이의 얼굴이 또렷해지고 있었다. 얼굴은 길쭉했고 턱은 강팔랐다. 움푹 들어간 한쪽 뺨에서는 피가 흘러내리고 있었다. 군복 여기저기에도 거무스레한 핏자국이 보였다. 그는 이제 바짝 다가와 있었다. 그러나 박태민은 움직일 수 없었다. 조금만 움직여도 몸이 부서져 내릴 것 같은 느낌이 여전히 그를 사로잡고 있었다. 어디선가 타닥거리는 소리가 났다. 무슨 소리인지는 알 수 없었다. 그와 시선이 마주쳤다. 병사의 눈은 여전히 파란 불에 싸여 있었다. 팔을 뻗어 병사를 밀어내고 싶었다. 뻗기만 하면 밀어낼 수 있을 것 같았다. 하지만 팔을 들 힘조차 남아 있지 않았다. 울음소리가 들렸다. 그것은 외부에서 들려오는 소리가 아니었다. 울음소리가 나는 곳은 그의 내부였다. 그는 고개를 끄덕였다. 어느 날 한 여자가 죽었다. 그가 사랑했던 여자였다. 그것은 돌연한, 누구도 예측할 수 없었던 죽음이었다. 운명이라는 이름으로밖에 명명할 수 없는 죽음 앞에서 그는 무릎 꿇고 울었다. 그곳이 어디였던가? 아, 그래, 겨울 들판이었어. 눈발 흩날리는 겨울 들판에서, 뒤돌아보면 텅 비어 있는 세상이 사무쳐서, 그 사무침을 견디지 못하고 눈물을 흘리고 말았지. 그런데 그 울음소리가 왜 지금 들려오는 걸까? 저 흐린 저녁 빛 아래서. 어깨뼈가 저려 왔다. 병사의 손이 그의 어깨를 움켜쥐고 있었다.

한 손으로 사내의 어깨를 움켜쥔 강선우는 대검을 치켜세웠다.

사내의 시선은 대검을 향하고 있었다. 하지만 놀라는 기색이 전혀 없었다. 그렇다고 정신을 놓고 있는 것도 아니었다. 자신과는 아무런 상관이 없는 사물을 보는 듯한 표정이었다. 칼끝으로 사내의 뺨을 살짝 그었다. 가느다란 피가 뺨을 타고 흘러내렸다. 강선우는 무엇을 찾아내려는 듯 사내의 얼굴을 뚫어지게 보았다. 하지만 눈만 약간 커졌을 뿐 그의 표정에는 아무런 변화가 없었다. 꿈속에 잠겨 있는 얼굴을 보는 듯했다. 문득 친근감이 느껴졌다. 그 친근감은 꿈속에 함께 있다는 느낌에서 비롯된 것이었다. 지금 그에게 세계는 꿈의 공간일 뿐이었다. 그의 칼이 행한 모든 죽임은 꿈속의 행위였다.

새벽녘 역 광장으로 나왔을 때 도시는 깊은 잠 속에 빠져 있었지. 우리는 그 잠의 꿈속으로 들어온 것뿐이었어. 그런데 시간은, 그 꿈의 시간은 어디로 흘러가는 것일까.

그의 손에서 대검이 툭 떨어졌다. 눈앞이 흐려지고 있었다. 어디엔가 기대고 싶었다. 들판이 내려다보이는 창이 떠올랐다. 거기에 기대어 저문 하늘을 보고 싶었다. 멀리서 깜박이는 불빛과 함께. 삶의 시간이 거기서 끝난다 해도 상관이 없을 것 같았다. 온몸에 힘이 빠지면서 서 있기조차 힘들었다. 무릎이 꺾이고 있었다. 안간힘을 썼으나 꺾이는 무릎을 막을 수가 없었다. 어느새 무릎은 땅바닥에 닿아 있었다. 그는 사내의 다리에 머리를 기댔다. 그러지 않으면 허물어지는 몸의 무게를 지탱할 길이 없었다. 황혼의 회색 물결이 두 사람의 몸 위로 흘러내리고 있었다.

밤 9시

차량 시위대와 공수 부대의 전투는 처참했다. 눈 뜨고 볼 수 없는 유혈극이었다. 그 참혹은 거리를 울음으로 적셨다. 부상자를 치료해 보려고 약과 물수건을 들고 나왔다가 낭자한 핏물에 어떻게 해야 할 줄을 몰라 울부짖다 실신하는 아주머니도 있었다.

울음은 고통을 자극하면서 동시에 정화하고 있었다. 이 이상한 에너지는 시위대로 하여금 자연스럽게, 아주 자연스럽게 죽음을 받아들이도록 했다. 버스나 트럭을 몰고 계엄군 저지선으로 돌진하는 시민들이 점차 늘고 있었다. 그들은 죽음을 내려다보았다. 내려다보이는 죽음은 공포의 대상이 아니었다. 선택이 가능한 삶의 한 형태일 뿐이었다.

금남로의 혈전은 시내 전역으로 빠르게 퍼져 나갔다. 변두리에 사는 시민들은 저마다 무기를 들고 시내로 모여들었다. 시위대의 수는 급격히 늘고 있었다. 도청과 광주교도소, 광주역을 제외한 대부분의 시가지를 점령한 시위대는 금남로와 노동청 쪽, 학동 쪽, 충장로 입구에서 거대한 물결을 형성하고 있었다.

어슴푸레한 저녁 빛마저 꺼져 가고 있을 즈음, 카랑카랑한 여인의 목소리가 정적을 깨뜨리며 저문 하늘로 울려 퍼졌다.

"시민 여러분, 모두 나와 힘을 합칩시다. 우리 모두 도청으로 갑시다. 끝까지 물러서지 말고 광주를 지킵시다."

"계엄군 아저씨, 당신들은 피도 눈물도 없습니까? 도대체 어느 나라 군대입니까? 경찰 아저씨, 당신들은 우리 편입니다. 제발 우리를 도와주십시오. 우리는 맨주먹입니다. 그러나 우리는 꼭 이깁니다."

"광주 시민 여러분, 우리 모두 공수 부대 놈들을 찢어 죽입시다. 살인마 전두환은 물러나라. 두환아, 내 자식 살려 놓아라."

그것은 시위가 시작된 이래 군중을 선동하는 최초의 목소리였다. 차량 스피커에서 흘러나오는 여인의 목소리는 애절하면서도 격렬하고, 서릿발처럼 차가우면서도 비통했다. 듣는 이를 전율케 하는 그 목소리는 처음에는 도청 부근의 시가지에서만 울리더니 나중에는 온 시내를 누볐다. 집 안에 있는 이들은 여인의 목소리에 잠을 이루지 못했다. 안전한 곳에 혼자 숨어 있다는 죄책감으로 괴로워하다가 결국은 집에서 나와 시위대에 합류하는 이들이 적지 않았다. 여인의 선동을 두려워한 계엄군은 그녀를 집요하게 추적했다. 하지만 늘 시위대에 둘러싸여 있어 저격이 불가능했다.

차량 시위대의 출현 이후, 공격 무기로 차량을 적극 활용한 시위대는 고속버스와 트럭은 물론이고 소방차까지 징발하여 시위의 전면에 내세웠다. 전쟁은 전면전으로 치닫고 있었다.

자정

김선욱은 미동도 않고 역 광장을 응시했다. 계엄군의 바리케이드가 또렷이 보였다. 바리케이드는 광장에서 다섯 갈래로 뻗어 나간 도로 곳곳에 쳐져 있었다. 조금 전 트럭에 올랐던 청년의 모습이 떠올랐다. 키가 작고 몸이 여윈 청년이었다. 트럭 뒤에는 휘발유로 가득 찬 드럼통 두 개가 있었다. 청년이 시동을 걸자 대기하고 있던 이가 드럼통에 불을 붙였다. 트럭은 계엄군 바리케이드를 향해 질주했다.

그런 공격이 이미 여러 차례 감행되었다. 당연히 최루탄의 집중 사격을 받았다. 살기 위해서는 차에서 뛰어내려야 한다. 너무 빨리 뛰어내리면 차가 목표물에서 벗어나기 쉽고, 늦으면 목숨이 위태롭다. 적절한 시각에 뛰어내렸다 하더라도 도주 속도가 늦으면 얼룩무늬들에게 처참히 당한다. 하지만 청년의 경우는 달랐다. 차에서 뛰어내리기도 전에 총탄을 맞았다. 계엄군의 조준 사격이 분명했다. 그럼에도 불구하고 청년의 트럭은 바리케이드를 밀치고 분수대를 들이받았다. 엄청난 폭발음과 함께 불기둥이 치솟아 올랐다.

공용 터미널과 광주소방서에 이어 MBC와 KBS 방송국을 점령한 시위대는 밤 9시경 시청까지 점령했다. 이로써 도청과 광주역을 제외한 시내의 주요 시설들은 거의 모두 시위대로 넘어왔다. 시청에서 철수한 공수 부대는 광주역에 진지를 구축했다. 향토 사단인 31사단 병력이 지키고 있던 광주역은 병력과 보급품의 수송 거점일 뿐 아니라 도청과 함께 행정 기능을 최소한 유지시킬 수 있는 중요한 장소였다. 계엄군으로서는 필사적으로 지켜야 할 곳 이었다.

그 시각, 3공수 여단이 광주역 출동 명령을 받았다. 20일 새벽 광주역에 도착, 전남대로 이동한 병력이었다. 군수과 요원들은 출동하는 병사들에게 실탄 120발씩을 지급했다. 그들은 전남대에서 광주역까지 도보로 이동하면서 건물과 아스팔트를 향해 사격했다. 군 트럭은 M60으로 그들을 엄호했다. 시위대의 습격을 방지하기 위함이었다. 광주역은 이미 시위대로 둘러싸여 있었고, 광장 분수대 주위는 불탄 차량들과 시체들로 처참했다. 병사들은 '후퇴하면 즉시 사살한다'는 장교들의 외침을 들으며 광주역으로 들어갔다. 밤 10시경, 역 부근으로 집결한 시위대는 3만여 명에 이르렀다. 그들 역시 광주역의 중요성을 알고 있었다. 혈전은 불가피했다.

김선욱은 트럭에 올랐다. 머릿속은 맑았다. 오르기 직전, 불안으로 약간 뒤척이기는 했으나 이내 사라졌다. 시동을 걸었다. 차의 움직임이 몸으로 느껴졌다. 휘발유 드럼통에서 타오르는 화염은 차창을 붉게 물들였다. 계엄군의 모습이 기괴하게 일그러지고 있었다. 뒤틀린 인형처럼 보이기도 했다. 그들은 괴물도 악귀도 아니었다. 슬픔과 눈물이 있고, 누군가를, 무엇인가를 그리워하는 인간이었다. 그들이 인간이기 때문에 인간을 그렇게 죽이는 것이다. 짐승은 인간을 그렇게 죽이지 못한다. 그럴 능력도 없거니와 필요성도 느끼지 않는다. 모든 고통의 원천은 인간이었다.

한 벌의 옷 속에 생명의 즙이 고여 있음은, 그 옷을 만든 이만이 안다. 실밥 먼지투성이인 작업장으로 들어가면 포르말린 냄새가 코를 찌른다. 원단 더미에서 나는 냄새다. 한여름에는 섭씨 40도를 웃돌았다. 겨울에는 덧버선을 두 개씩 포개 신어도 동상에 걸렸다. 몸이 성한 이들은 아무도 없었다. 그 속에서 몸이 망가진 동생은 노동의 능력을 잃고 볕 없는 방 안에 홀로 누워 투병하다가 스스로 목숨을 끊었다. 고작 열여섯 살밖에 안 된 어리디어린 처녀였다.

프레스 작업을 하는 이들은 손가락이 자주 잘렸다. 철판을 강타하여 절단, 압축, 조형하는 프레스에는 안전장치가 있다. 하지만 사용주는 안전장치를 뜯어 버린다. 작업 능률을 올리기 위함이다.

이 모두가 학살이었다. 다만 그 속도가 느릴 뿐이다. 속도의 느림은 사람들을 교묘하게 마취시킨다. 학살이 눈앞에서 벌어지고 있는데도 그것이 학살임을 알지 못하게 한다. 여기에 비해 학살임을 명백하게 보여 주는 얼룩무늬들의 행위는 차라리 정직했다. 위장이라고는 어디에도 없었다. 사용주들에게서 신물 나게 보아 왔던 교묘한 혀 놀림도 없었고, 번듯한 가면도 보이지 않았다. 학살의 대상으로 광주를 선택한 것 역시 정직의 발로였다. 유신 권력

자들에게 공개적인 학살이 필요했다면 광주일 수밖에 없었다. 사용주가 프레스의 안전장치를 뜯어 버릴 수 있는 것은 노동자가 자신들과 다른 인간이기 때문이다. 그들이 광주를 선택한 것도 이와 흡사했다. 전라도는 그들과 너무 먼 곳에 있었다.

액셀러레이터를 힘껏 밟았다. 차는 굉음과 함께 질주를 시작했다. 산산조각이 난 육신의 모습이 얼핏 떠올랐다. 벙긋 웃었다. 그는 지금 진실도 거짓도 아닌 세계를 향해 달려가고 있다고 생각했다. 눈앞에서 살아 움직이고 있는 저 얼룩무늬들은 최소한 거짓의 존재는 아니었다. 거짓은 학살을 자행하는 자들이 아니라 학살이 없다고 외치는 자들이 저지르고 있었다. 그가 살아온 세상이 그랬다. 한순간도 거짓이 아닌 게 없었다. 거짓이 없으면 세상이 곧 무너질 것처럼 거짓을 뿌리고 다녔다. 세상의 주인은 인간이 아니라 인간이 만들어 내는 거짓이었다. 그 속에서 살아야 하는 자신 역시 거짓된 존재였다. 그가 칼을 품고 다닌 것은 그런 자신의 모습에 대한 분노 때문이었다.

아스팔트가 보였다. 텅 빈 아스팔트였다. 어쩌면 저 길은 끝이 없을지도 모른다는 생각이 들었다. 끝없는 길 위를 질주하는 나는, 거짓의 못에 박혀 꼼짝도 못한 채 신음 소리만 내고 있었던 나의 육신은, 잿빛 하늘 아래서 기이한 파충류처럼 매달려 있었던 그 육신의 혼은 이제 영원한 움직임 속으로 들어가리라. 비상하는 나비처럼 가볍게. 그는 처음으로 자유를 느꼈다. 거짓이 존재하지 않는 완전한 순간이 만든 자유였다.

5월 21일 새벽 1시

도청 북쪽 광장에 위치한 상무관 앞은 병사와 전경들로 발 디딜 틈이 없었다. 잠시 교대해서 쉬고 있는 이들이었다. 얼굴은 흑탄처럼 검었고, 충혈된 눈동자는 하나같이 퀭했다. 상무관 안도 마찬가지였다. 몸을 비비고 누울 자리는 어디에도 보이지 않았다. 쉴 곳을 찾아 지친 다리를 끌고 돌아다니던 강선우는 걸음을 멈추었다. 모포에 싸인 시체 두 구가 컴컴한 길바닥에 누워 있었다. 노동청 저지선에서 시위대 차량에 깔려 사망한 경찰관 시체였다.

도청의 길목인 금남로와 노동청, 충장로 입구에서 치열한 공방전이 벌어졌다. 시위대는 특히 노동청 쪽을 집중적으로 공략했다. 공수 부대의 주력이 금남로에 몰려 있는 데다 길이 넓어 차량이라는 무기를 효율적으로 쓸 수 있었던 까닭이었다. 그들의 공격은 필사적이었다. 불붙인 차량을 저지선으로 쉴 새 없이 밀어붙였다. 밤 9시가 약간 넘어선 시각, 10여 대의 대형 버스를 앞세운 시위대가 저지선으로 돌진했고, 경찰은 최루탄과 페퍼 포그를 집중 발사했다. 유리창이 깨지면서 버스 안은 가스로 자욱했다. 고통을 견디지 못한 시위 대원들은 시동을 끄지 못한 채 밖으로 뛰쳐나왔다. 운전자를 잃은 버스는 방향을 잃고 앞으로 치달았다. 그중 한 대가 경찰관들을 덮쳤다. 그때 참변을 당한 시체를 강선우는 보고 있었다.

오늘 밤은 글자 그대로 지옥이었다. 화염병 투척과 불타는 차량으로 대낮처럼 환한 시가지는 시위대로 넘쳐흘렀다. 이제 그들은 병사들이 접근해도 물러서지 않았다. 버스와 트럭이 흉기가 되어 달려들었고, 몸은 지칠 대로 지쳐 있었다. 밥을 언제 먹었는지 기억조차 나지 않았다. 식사 보급 차량이 시위대에 막혀 버린 탓이었다. 비상용 전투 식량은 떨어진 지 오래였다. 병사들은 죽음의 공포에 사로잡혀 있었다. 어떤 병사는 보도블록에 걸려 넘어진 시위대 청년의 몸을 대검으로 마구 찌르면서, 이놈들을 못 죽이면 우리가 죽어! 하고 절규했다. 무전으로 발포 명령을 내려 달라고 건의하는 지휘관들의 목소리가 자주 들렸다. 그들의 목소리는 절박했다. 울음까지 섞이고 있었다. 작전 장교는 장갑차의 캘리버50 기관총에 실탄 장전을 명령했다. 잠시 후 밤하늘을 향한 총구에서 불이 번쩍였다. 귀를 찢는 듯한 총성이 시가지를 뒤흔들었다.

눈을 감았다. 사내의 얼굴이 떠오르고 있었다. 선명한 눈썹과 창백한 이마가 떠올랐고, 여윈 광대뼈와 눈동자가 보였다. 사내는 허물어진 그를 거의 껴안다시피 하여 일으켜 세웠다. 강선우는 조금도 거역하지 않았다. 거역할 힘도 없었다. 그를 놀라게 한 것은 사내의 눈길이었다. 자신을 바라보는 사내의 눈길은 투명했다. 적의도 없었고, 경멸도 없었다. 연민도 보이지 않았다. 그렇다고 감정이 전혀 없는 것은 아니었다. 분명 무언가 있었다. 표현할 수 없는 어떤 느낌이 또렷이 몸에 닿았다. 그것은 차가우면서도 뜨거웠고, 부드러우면서도 견고했다. 하지만 무엇인지 결코 알 수가 없었다.

눈을 떴다. 별이 보였다. 멀고 아득했다. 밤의 냄새가 느껴졌다. 이 도시 속으로 들어오면서 잃어버린 냄새였다. 사내는 말했다. 여기는 위험하니 돌아가라고. 입술을 귀에다 대고 나직이 속삭이듯 말했다. 명령은 아니었지만, 그리하여 복종해야 할 하등의 이유가 없었건만 강선우는 돌아서고 있었다. 그의 말속에는 어떤 힘이 서려 있었다. 그 힘을 거역한다는 것은 불가능했다. 물이 아래로 흐를 수밖에 없듯이, 그는 돌아설 수밖에 없었다. 다시 눈을 감았다. 어둠 저편에서 바람처럼 불어오는 추억은 가만히 그를 감쌌다. 밤의 냄새가 물안개처럼 피어오르고 있었다.

새벽 4시

지상은 어두웠다. 그러나 하늘에는 빛들이 조금씩, 아주 조금씩 보이고 있었다. 새벽은 먼 곳에서 소리 없이 오고 있었다.

광주역 전투는 새벽 4시, 죽음을 두려워하지 않는 시위대의 파상적 공격을 견디지 못한 계엄군이 퇴각함으로써 막을 내렸다. 시위대는 태극기를 앞세우고 광장에 진입했다. 불탄 차량들의 앙상한 잔해, 허물어진 바리케이드, 화염병의 파편들, 꺼지지 않은 불더미 속에서 피어오르는 검은 연기, 찐득하게 굳어 가고 있는 핏물들. 이 모든 것들은 치열했던 전투를 상기시키고 있었다.

20일 밤부터 21일 새벽에 걸친 전투에서 계엄군은 광주역과 도청에서 발포를 감행했다. 첫 발포는 11시 넘어 광주역 광장에서 있었다. 처음에는 위협 사격이었다. 붉은 예광탄*이 검은 하늘을 갈랐고, 주변의 건물에서 실탄 부딪치는 소리가 났다. 총구는 곧 시위대를 향했다. 차를 몰고 계엄군의 저지선으로 돌진하던 청년들과 시위대 앞쪽에 있던 이들이 피를 뿜고 쓰러졌다.

도청에서의 발포 시각은 새벽 1시경이었다. 시위대가 군경 저지선으로 육박해 오자 위기를 느낀 계엄군은 M16 자동 소총 방아쇠를 당겼다. 총의 필요성을 절감한 일부 시위대는 광주세무서의 예비군 무기고를 부수고 실탄 없는 카빈 17정을 갖고 나왔다. 이 과정에서 단층 목조 건물인 세무서 별관이 불에 탔다.

시위대의 광주역 점령은 대단히 중요한 의미를 갖고 있었다. 도청을 제외한 시내 전역에서 계엄군을 퇴각하게 만듦으로써 전선을 단일화시킨 것이다. 항쟁은 새로운 국면으로 전환하고 있었다.

이날 밤도 도시는 잠을 이루지 못했다. 여자들과 노인들, 그리고 집 안에 스스로를 가둔 이들은 한 여인의 처절한 선동의 목소리를 들으며, 밤하늘을 밝히는 화염과 예광탄을 보면서 몸을 떨었다. 그들은 도시의 고립을 절감하고 있었다. 라디오와 텔레비전은 도시를 완벽하게 지웠다. 지역 신문인 『전남일보』와 『전남매일』의 발행

* 예광탄 : 신호하거나 목표물을 지시하는 데에 쓰는 탄알.

이 20일자로 중지되었다. 서울의 중앙지도 차단되었다. 새벽 2시 경에는 시외로 통하는 전화가 두절되었다. 새벽 5시 KBS가 불탔다. 도시는 홀로 떨어진 섬이었다.

오후 1시

도청을 향해 모여드는 시위 군중은 30만여 명에 이르고 있었다. 80만여 명의 광주시 인구 40퍼센트에 육박하는 숫자였다. 그들 중에는 밤을 꼬박 새운 이들도 있었고, 집에 들어가 잠시 눈을 붙이고 나온 이들도 있었다. 가족을 보면 마음이 약해질까 두려워 근처 여관이나 민가에서 잠을 잔 후 거리로 나온 이들도 있는가 하면, 지금 집에 있어야 하는데 왜 여기에 있을까 생각하면서도 설명할 수 없는 어떤 힘에 사로잡혀 떠나지 못하는 이들도 있었다.

새벽 5시경 시위대가 점령한 광주역 안에서 시신 두 구가 발견되었다. 3공수 여단이 황급히 철수하느라 미처 수거하지 못한 시신이었다. 차마 눈 뜨고 볼 수 없는 참혹한 모습은 해산을 준비하던 시위대를 격앙시켰다. 대형 태극기에 덮인 주검은 군용 지프와 연결된 손수레에 실렸다. 시위대는 그것을 앞세우고 도청을 향했다.

아침 8시경, 11공수 여단과 대치한 시민은 1만여 명에 이르렀다. 그들 중 일부는 군납 방위 산업체인 광천동의 아세아자동차에 들어가 장갑차 일곱 대와 중소형 버스 다섯 대를 끌고 나왔다. 또

한 시내 곳곳을 돌아다니며 계엄군의 만행을 알리는 한편, 시민들을 시위 현장으로 수송했다. 화순, 영암 등 시외로 진출하는 이들도 있었다.

시내 어느 동네로 가든지 먹을 것이 준비되어 있었다. 동네 아주머니들이 길목을 지키고 있다가 지나가는 시위대 차량을 멈추게 한 후 주먹밥을 한 함지씩 실었다. 돈과 쌀을 모으고 음식을 만드는 일에 반상회 조직이 활용되었다. 특히 가까이서 참상을 목격했던 시장 아주머니들의 열성은 대단했다. 그런 모습들이 도시의 한쪽을 축제와도 흡사한 분위기로 채색하고 있었다. 간혹 웃음소리가 들렸고, 때때로 낭랑한 노래까지 흘러나왔다.

오전 9시 30분경 도청 근처로 집결한 시민은 10만여 명으로 불어나 있었다. 시위대 앞줄의 몇몇은 카빈 소총을 들고 있었다. 그들과 공수 부대와의 거리는 30여 미터에 불과했다. 공수 부대의 만행을 비난하는 시민들의 외침으로 시작된 대화는 논쟁으로 발전하고 있었다. 시민들은 공수 부대의 철수를 요구했고, 11공수 연대장 안 중령과 이 중령은 자신들에게 철수의 권한이 없다고 대응했다. 그들은 과잉 진압을 부정하면서 시민들이 공격하지 않으면 그들 역시 공격하지 않는다고 말했다. 논쟁이 거듭된 결과 도청에서 시민 대표 네 명과 장형태 전남 지사와의 면담이 이루어졌다.

시민 대표는 지난 사흘의 유혈 사태에 대해 전남 지사가 사과할 것, 연행된 시민과 학생들을 전원 석방하고 병원에 있는 이들의

소재와 생사를 알릴 것, 계엄군은 21일 정오까지 전원 시내에서 철수할 것과 전남북 계엄 분소장과의 협상 주선 등을 요구했다. 전남 지사는 12시까지 시간을 달라고 했고, 시민 대표는 시민들이 흥분해 있으니 도지사가 직접 나와 방금 이야기한 것을 설명하라고 했다. 전남 지사의 수락에 도청을 나온 대표들은 시민들에게 경과를 보고했다. 하지만 기다리던 전남 지사가 나오지 않고 광주 시장이 나오자 시민들은 술렁이기 시작했다.

오전 10시 10분경, 전날 저녁 신군부가 광주 추가 투입을 결정한 20사단 61, 62연대 병력 3천2백여 명이 전교사(전투 병과 교육 사령부)인 상무대에 도착했다. 그 시각 도청 광장 상무관 쪽에 있는 공수 부대원에게 실탄이 지급되고 있었다. 잠시 후 이희성 계엄 사령관은 5월 20일 전남북 계엄 분소장이 광주 지역에 한해 발표한 담화문 이후 정부 당국으로는 첫 공식 담화문을 발표했다. 광주 사태는 불순분자, 간첩, 폭도 들이 일으킨 것으로, 시민들은 냉철한 이성으로 불순한 책동에 현혹되어 국가적 파탄을 자초하는 일이 없도록 당부하는 내용이었다.

담화문 발표를 기점으로 계엄사는 그동안 광주에 대해 침묵을 강요했던 언론 정책을 수정한다. '북괴의 사주로 일어난 광주의 엄청난 폭동이 국가 질서를 위태롭게 하고 있다'는 선전전*을 언

* 선전전 : 아군의 사기를 높이고 적군의 사기를 떨어뜨리기 위하여 선전을 주로 하는 싸움.

론 매체를 통해 적극적으로 전개하기 시작한 것이다.

10시 40분경 시민 앞으로 나오겠다던 전남 지사가 군용 헬기를 타고 '연행자를 석방할 것이니 해산하라'는 선무 방송을 한다. 비슷한 시각 계엄 사령부는 60연대 1천5백여 명의 병력 추가 투입을 결정한다. 11시가 되자 도청에서 헬기의 이착륙이 시작된다. 착륙할 때는 보급품이 내려졌고, 이륙할 때는 서류 상자들이 실렸다.

계엄군 철수 요구 시간인 정오가 지나자 시위대는 앞으로 나아간다. 공수 부대 저지선이 조금씩 뒤로 물러나는 동안 시위대 중간에 있던 장갑차와 시위 차량 일부가 전면에 나선다. 12시 55분경 대형 버스 두 대가 도청 광장으로 질주한다. 공수 부대의 집중 사격으로 운전사 한 명이 숨진다. 그로부터 1분도 채 안 돼 장갑차 한 대가 전속력으로 질주해 들어간다. 공수 부대 대열을 무너뜨린 장갑차는 집중 사격에도 불구하고 학동 방향으로 빠져나간다. 이 과정에서 병사 한 명이 즉사하고 한 명은 중상을 입는다.

정각 1시. 네 방향으로 설치된 도청 옥상 스피커에서 「애국가」의 선율이 흘러나왔다. 노래가 없는 그 선율은 장중했다. 느닷없는 음악 소리에 시민들은 의아해했다. 선율에 따라 나직이 노래 부르는 이들도 있었다. 박태민은 가만히 서서 너무나 친근한 선율에 귀를 기울였다.

동해 물과 백두산이 마르고 닳도록…….

전쟁터가 되어 버린 거리에서 「아리랑」, 「우리의 소원」과 함께 가장 많이 불렀던 노래였다. 슬픔과 함께 깊은 간구가 서려 있는 그 노래들은 사람들을 자주 울음의 바다로 밀어 넣었다.

눈을 감았다. 어젯밤 전투가 먼 풍경처럼 떠올랐다. 그래, 우리는 치열하게 싸웠지. 너무나 치열해 시간조차 잊어버리고 말았어. 내면에서 죽음을 경험한 이들은 알지. 시간이 멎는다는 것이 무엇인지. 비통하게도 우리는 그것을 알아 버렸어. 지상 위로 새벽의 박명*이 어렴풋이 번지기 시작하자 비로소 깨달았어. 밤이 지나갔음을. 아직도 살아 있음을.

몸이 흔들리고 있었다. 누가 흔드는 것도 아니건만 몸은 격렬히 흔들리고 있었다. 흔들림의 근원은 소리였다. 아늑하고 평화로운 노랫소리를 일시에 삼켜 버린 그 경련 같은 소리는 날카로우면서도 공허하고, 둔중하면서도 잔인했다. 눈을 번쩍 떴다. 그것은 총소리였다. 수많은 총소리들이 한 덩어리가 되어 지축을 흔들고 있었다. 도청 분수대 주변은 연기로 자욱했다. 금남로를 가득 메운 시위대가 양편으로 갈라지면서 거리는 순식간에 텅 비었다. 쓰러진 사람은 아무도 없었다. 공포탄인 듯했다. 흩어진 사람들은 금방 무리를 이루어 도청을 향해 움직이기 시작했다. 총소리가 다시 들렸다. 조금 전보다 소리는 작았으나 한층 날카로웠다. 일제히 갈라지는 물결과 함께 선혈을 뿌리며 쓰러지는 이들의 모습이 박

*박명 : 해가 뜨기 전이나 해가 진 후 얼마 동안 주위가 희미하게 밝은 상태.

태민의 시선에 잡혔다. 시위대 앞쪽 사람들이었다.

잠시 후 총소리가 멎었다. 박태민은 건물 벽에 붙어 선 채로 텅 빈 거리를 보았다. 총에 맞은 이들이 여기저기 쓰러져 있었다. 그들의 몸에서 흘러나오는 핏물은 눈처럼 새하얀 햇빛 속으로 빠르게 번졌다. 고등학생처럼 보이는 한 소년이 시야 안으로 빨려들듯 들어왔다. 몸을 오그린 채 바들바들 떨고 있는 소년은 작은 두 손으로 아스팔트를 긁고 있었다. 소년의 눈물이 보였다. 눈물이 보일 거리가 아니었건만 그는 소년의 눈물을 보고 있었다. 그뿐 아니었다. 뺨을 적시는 소년의 눈물이 자신의 뺨에서도 느껴졌고, 아스팔트를 긁고 있는 손끝의 고통도 느껴졌다.

그는 소년을 향해 뛰었다. 반대편 골목에서 뛰어나오는 남자들이 보였다. 총소리가 다시 들렸다. 남자들이 쓰러지고 있었다. 그는 무릎 꿇고 소년을 들어 올렸다. 가슴이 피투성이인 소년의 몸은 가벼웠다. 그는 소년을 축제의 불가로 데려가고 싶었다. 아늑하고 평화로운 노랫소리가 들리는 곳, 별들이 소리를 내며 소금 같은 빛을 뿌리는 그곳으로.

피투성이 몸을 땅에 눕혔을 때 소년의 숨은 멎어 있었다.

오후 3시

거울 앞을 지나가다 무심코 고개를 든 『볼티모어 선』 서울 특파원 테리 머턴은 흠칫 놀랐다. 옷이 피투성이였다. 그뿐 아니었다.

빰과 이마에도 피가 묻어 있었고, 두 손은 아예 흥건히 젖어 있었다. 그는 기이하게 변해 버린 자신의 모습을 멍하니 보았다. 놀라움에 눈을 크게 뜨고 있는 얼굴이 낯설었다.

처음 이 병원으로 들어왔을 때 그는 자신의 눈을 의심했다. 짙은 피비린내 속에서 펼쳐지고 있는 병원의 상황은 베트남의 야전 병원보다 훨씬 처참했다. 응급실 병상은 터무니없이 모자라 바닥에 매트리스를 깔고 환자를 받았다. 바깥 복도는 물론이고 외래 환자 대기실로 쓰이는 넓은 회랑까지 차례를 기다리는 부상자들로 가득 차 있었다. 수술실 상황도 마찬가지였다. 그가 보기에는 당장 수술을 받지 않으면 안 될 환자들이 넘쳐흘렀다. 그런데 새로운 부상자들은 끊임없이 들이닥쳤다. 대부분 총상 환자들이었다. 복도를 걸으면 바닥에 고인 핏물에 발바닥이 쩍쩍 달라붙었다. 그의 옷이 피투성이가 된 것은 지극히 당연했다.

그가 서울을 떠나 광주로 향한 것은 오늘 새벽 5시 무렵이었다. 성실한 기자이자 노련한 운전사이며 길 안내자인 미스터 황이 동행했다. 12·12 반란 후 권력의 중심부로 빠르게 진입하는 신군부의 움직임을 면밀하게 체크하고 있었던 머턴에게 5·17 쿠데타는 놀라운 사건이 아니었다. 그는 쿠데타를 거의 확신하고 있었다. 권력이라는 패를 쥔 인간들이 만들어 내고 있는 다양한 게임들을 조금이라도 들여다볼 줄 아는 이라면 신군부가 무엇을 위해 움직이는지 예측하기란 어렵지 않았다. 더욱이 그들은 대단히 단순한 그룹이었다.

쿠데타 발생 이틀 후인 5월 19일 아침, 광주에서 '형언할 수 없는 상황'이 벌어지고 있다는 정보를 입수했다. 그는 긴장했다. 그것은 쿠데타 후 첫 봉기였다. 그를 더욱 긴장시킨 것은 다음 날 오후에 일어난 전화 단절이었다. 통신을 단절시킨다는 것은 그곳에서 치명적인 사건이 일어났음을 증거하는 행위였다. 그날 독일에서 날아온 텔레비전 카메라 기자 유르겐 힌츠페터는 지체하지 않고 광주로 떠났다. 힌츠페터는 월남전 종군 때 만난 친구였다.

미스터 황의 차가 서광주 톨게이트에 도착한 것은 오전 9시 무렵이었다. 다행히도 광주 시내로 진입하는 데 어려움이 없었다. 외신 기자 신분증을 확인한 시위대 청년들은 그들을 친절히 안내했다. 그가 확인한 시내 모습은 전쟁터라고 불러도 조금의 모자람이 없었다. 광주에 도착하기 전까지 그는 반유신 세력을 중심으로 한 일부 정치적 전사들의 봉기로만 생각했다. 그게 아님을 깨닫는 데는 긴 시간을 요하지 않았다. 정치적 전사가 될 수 없는 이들까지 봉기에 적극 가담하고 있었다. 물론 성별과 나이에 따라 역할이 달랐지만 봉기 수행을 위한 그들의 헌신적인 활동은 대단히 인상적이었다.

계엄군의 집단 발포가 시작되었을 때 그는 도청 근처 빌딩에서 현장을 내려다보고 있었다. 그는 눈앞에서 벌어지고 있는 노골적인 살육의 목적을 찾기에 골몰했다. 나중에 안 사실이지만 비슷한 시각에 4만여 명의 시위대가 모여 있던 전남대 앞에서도 계엄군의 집단 발포가 있었다. 전남대는 3공수 여단 주둔지로, 수많은 학생과 시민들이 감금되어 있는 곳이었다.

신군부의 쿠데타는 집권을 위한 행위였다. 따라서 그들이 계엄군에게 시위대를 죽이기 위한 목적으로 발포 명령을 내렸을 턱은 없었다. 두려움을 심기 위함이라고 생각하기에는 살육의 규모가 지나치게 컸다. 계엄군 사격수들은 움직이는 물체라면 무조건 방아쇠를 당겼다. 살육은 무차별적으로 이루어지고 있었다. 자위권* 행사는 더더욱 아니었다. 미스터 황의 취재에 의하면 군 헬기에서도 기총 소사*가 있었다고 했다. 목격자가 여러 명이어서 믿어도 된다고 미스터 황은 비통한 목소리로 말했다. 놀라움을 금할 수가 없었다. 민간인을 향한 공중 사격은 적국과의 전쟁에서조차 금지되어 있었다. 하물며 자국의 비무장 국민들을 향한 기총 소사라면 어떤 이유든 합리화할 수 없는 범죄 행위였다.

광주에서 대학생을 중심으로 쿠데타에 저항하는 봉기가 시작되자 신군부는 단호하면서도 신속한 진압 작전을 선택했다. 그것은 예정된 작전임이 분명했다. 5·17 쿠데타 직후 머턴의 촉각이 광주로 향해 있었던 것은 이유가 있었다. 전라도 차별 정책은 박정희 정권이 오랫동안 구사해 왔던 권력 연장의 중요한 책략이었다. 이

*자위권 : 외국의 불법적인 침해에 대해, 국가가 실력 행사를 할 수 있는 권리.
*기총 소사 : 비행기에서 목표물을 비로 쓸어 내듯이 기관총으로 쏘는 일.

책략의 희생자들에게 박정희 이데올로기에 투철한 경상도 정치 군인들이 일으킨 5·17 쿠데타는 용서할 수 없는 사건이었다. 신군부가 이 사실을 모를 턱이 없었다. 공수 부대가 전남대에 진입한 시각이 5월 17일 밤 11시경이라는 사실은 위의 사실을 명백히 드러내고 있다. 하지만 그들이 선택한 진압 작전이 광주 시민들을 오히려 봉기의 전사로 변화시킬 줄은 까맣게 몰랐을 것이다.

예상을 벗어난 사태 앞에서 신군부가 가장 우려한 것은 무엇일까? 봉기의 확산일 것이다. 만약 서울이나 경상도의 어느 도시에서 광주와 유사한 봉기가 일어난다면 쿠데타 세력에게는 치명적이다. 철저한 언론 통제로 광주 봉기를 은폐하고 있지만, 광주는 이미 세계 주요 언론의 주목 대상이었다.

봉기 확산을 막는 유일한 방책은 군의 무력을 통한 신속한 진압이다. 그런데 문제는 현 상황에서 진압이 불가능하다는 데 있다. 자국의 수십만 시민을 적으로 하는 군사 작전은 동서고금 어디에도 없다. 진압 대상의 규모를 군사 작전이 가능한 범위 안으로 축소시켜야 하는 것은 필연이다. 그와 함께 신군부에게 절실한 것은 군사 작전의 명분이다. 쇠파이프나 각목 등 지극히 원시적 무장 상태인 시위대를 대상으로 현대식 무기를 앞세워 진압한다면 정당성을 획득할 수가 없다.

신군부의 발포 목적은 명확해지고 있었다. 그것은 시위대를 총기로 무장시키기 위함이었다. 시위대의 총기 무장이야말로 수십만 시민들 속에서 소수 강경파를 가려내는 마법의 도구일 뿐만 아니라, 그들이 국가 질서에 반역한 폭도임을 선전하는 데 대단히 유용한 모습임은 말할 나위가 없다. 미스터 황의 보고에 의하면, 계엄군의 발포 이후 무기 탈취를 위해 수많은 차량들이 광주를 벗어났으며, 대량의 총기와 탄약들이 시내로 유입되고 있다고 했다. 시위대의 총기 무장이 급속도로 진행되고 있음이 틀림없었다. 이제 곧 시가전이 벌어질 것이며, 계엄군은 적절한 시기에 도청을 비우고 퇴각할 것이다.

적이 눈앞에 있으면 광주 공동체는 붕괴되지 않는다. 붕괴는 분열을 전제로 한다. 광주 공동체를 분열시키기 위해서는 그들에게 승리의 기쁨을 안겨 주어야 한다. 축제의 시간이 지나가면 정말로 무서운 시간이 온다. 참여자와 비참여자, 강경파와 온건파, 학생과 비학생, 부르주아 계급과 프롤레타리아 계급……. 분열의 조건은 얼마든지 있다. 인간이란 존재는 분열의 능력에는 천부적이다. 혁명군은 혁명이 이루어지는 순간 분열된다. 인류사에서 이것을 극복한 집단은 어디에도 없다. 인간은 순수한 시간, 꿈의 시간을 감당하지 못한다. 이것이야말로 인간이 짊어지고 있는 존재의 조건이자 운명임을 그는 알고 있었다.

시계를 보았다. 미스터 황과의 약속 시간이 다가오고 있었다. 지금쯤 시가전이 벌어지고 있을지도 몰랐다. 그는 거울에서 돌아섰다. 피투성이 옷이 조금도 불편하지 않았다. 병원으로 들어서면 피투성이가 되지 않을 수가 없었다. 의사들도, 간호사들도, 부상자들을 운반해 온 이들도 모두 피투성이였다.

응급실 밖 복도를 지나가는데 그의 시선을 끌어당기는 것이 있었다. 걸음을 멈추었다. 창문 아래서 어떤 남자가 무릎 꿇은 자세로 한 여인을 안고 울고 있었다. 울음소리는 들리지 않았지만 그가 처절히 울고 있음이 한눈에 보였다. 남색에 붉은빛 무늬의 임부복을 입고 있는 여인은 만삭의 몸이었다. 그들에게로 다가간 머턴은 순간적으로 시선을 돌렸다. 여인의 뒷머리가 보이지 않았다.

M16 자동 소총은 화력이 높아 신체의 일부를 도려낸다는 것을 그는 알고 있었다. 더구나 탄환 속에는 납이 들어 있어 인체에 치명적이다. 의사의 증언에 의하면 환자들의 총상 부위가 시간에 따라 달랐다고 한다. 발포 초기에는 허벅지 아래 부위 부상자들이 대부분이었는데, 차츰차츰 총상 부위가 상체로 이동하면서 머리가 날아가 버린 사망자들이 들어왔다는 것이다. 화약 가루가 이마에 연소되지 않은 채 붙어 있는 시체도 보았다고 했다. 그것은 총구를 이마에 대고 쏘았거나, 0.6미터에서 1미터 이내 거리에서 쏘았음을 의미한다. 법의학에서 말하는 확인 사살이었다.

여인은 숨을 쉬고 있지 않았다. 숨을 쉴 리가 없었다. 아마도 총을 맞는 순간 절명했을 것이다. 하지만 태아는 금방 죽지 않는다. 갑자기 변해 버린 어머니 몸 안에서 몸부림치다가 죽어 간다. 그런데 온몸이 피로 범벅이 되어 있는 저 남자는 왜 여인을 병원에

데려왔을까? 무엇 때문에 저런 부질없는 짓을 했을까? 남자의 얼굴도 피투성이였다. 그 피투성이 얼굴은 납처럼 하얬다. 깊이 파인 두 눈은 유리창을 향하고 있었다. 유리창 바깥엔 맞은편 병동과 나무 잎사귀가 있었고, 잎사귀 끝에는 벽안*과 같은 하늘이 걸려 있었다. 얼핏 보면 남자는 유리창 바깥 풍경을 보고 있는 듯했다. 하지만 아니었다. 바짝 마른 그의 눈동자는 무엇을 보는 상태가 아니었다. 그는 아무것도 보고 있지 않았다. 그러나 온몸은 무엇인가를 뚫어질 듯 보는 자세를 취하고 있었다.

시간이 얼마나 흘렀을까. 남자의 눈에서 눈물이 흘러나오고 있었다. 눈물은 뼈가 드러나 보이는 듯한 얼굴을 적시면서 피와 섞였다. 머턴은 숨을 죽이며 붉게 변해 가는 눈물을 응시했다. 붉은 눈물은 여윈 턱을 타고 목 아래로 흘러내리고 있었다. 그의 입에서 낮은 신음이 새어 나왔다. 남자는 신부였다. 하얗게 빛나야 할 로만 칼라*는 피에 절어 있었다.

저녁 7시

태양이 서녘으로 넘어가면서 시가전의 총소리가 줄어들고 있었다. 무슨 까닭인지 계엄군의 사격이 뜸해졌다. 황혼은 도청 쪽으로 총구를 겨누고 있는 시민군을 불그스레하게 물들였다. 여린

---

*벽안 : 눈동자가 파란 눈.
*로만 칼라 : 가톨릭교회의 성직자들이 목에 두르는 흰색 칼라.

광선에 묻힌 그들의 얼굴은 윤곽이 흐려져 있었다. 이들은 시민군 특공조로서, 도청 공격의 선봉을 맡고 있었다.

오후 1시부터 시작된 계엄군의 집단 발포는 최소한 60여 명의 사망자와 5백여 명 이상의 부상자를 만들었다. 1천6백여 발에 달하는 총탄의 난사로 인한 참상은 시위대로 하여금 자신들이 갖고 있는 무기가 얼마나 쓸모없는 것인가를 깨닫게 했다. 이 깨달음은 시위대를 크게 세 그룹으로 분열시켰다. 총기로 무장하여 계엄군과 맞서 싸우려는 이들이 첫 번째 그룹이라면, 집단 발포라는 계엄군의 극단적 행동이 불러일으킨 절망과 두려움을 이기지 못하고 시위 대열에서 이탈하는 이들이 두 번째 그룹이었고, 총을 들 용기는 없지만 차마 대열을 떠날 수가 없어 머뭇거리는 이들이 세 번째 그룹이었다.

첫 번째 그룹의 일부는 무기 탈취를 위해 차량조를 편성, 광주를 빠져나갔다. 광주의 경찰서와 예비군 무기고는 당국의 조치로 이미 텅 빈 상태였다. 교통 통제와 검문을 위해 광주 외부 도로에 배치되었던 계엄군들이 무슨 까닭인지 일절 보이지 않았다. 광주와 화순의 경계선인 너릿재 터널 부근에서는 더 이상한 일이 벌어졌다. 도로 양편에 매복한 계엄군이 시위대 차량이 지나가도 총 한 번 쏘지 않았다. 화순경찰서 무기고에서 카빈총 80여 정을 싣고 광주로 돌아올 때도 마찬가지였다. 계엄군들은 시위대 차량에 실린 총을 빤히 보고도 가만히 있었다.

시간이 지나면서 광주를 빠져나간 시위대들이 무기를 싣고 속속 들어왔다. 무기고와 탄약고가 거의 무방비 상태인 데다가 지역민들의 적극적인 협조로 손쉽게 무기를 확보할 수가 있었다. 광주로 유입된 무기는 총기 4천9백여 정, 실탄 13만여 발, TNT 10여 상자, 수류탄 270여 발이었다. 이 무기들은 오후 3시경부터 시민들에게 분배되었다. 시민군이라는 이름의 새로운 무장 집단이 탄생하는 순간이었다.

무장을 원하는 이들은 시민군 본부 역할을 하고 있는 광주공원으로 몰려들었다. 처음에는 주민 등록증을 가진 성인에게만 지급되었다. 그러자 고등학생들은 '우리도 교련 훈련을 받았다'며 총기 지급을 강력히 요구했다. 논란 끝에 지급 대상을 고등학교 2학년 이상으로 낮추었다. 시민군 지도부는 점차 조직을 갖추어 나가면서 무장 시민군을 편성하고 총기 교육과 수류탄 투척술 교육을 실시했다.

오후 3시 15분경 마침내 시가전이 시작되었다. 최초의 시민군은 충장로 광주우체국 앞에서 도청을 향해 나아갔다. 그 뒤를 2천여 명의 시민들이 따랐다. 시민군의 무기인 M1 소총과 카빈 소총은 2차 세계 대전 때 사용된 것으로, 공수 부대의 M16에 비하면 형편없는 구식 무기였다. 사격의 정확도도 비교가 되지 않았다. 비록 예비역 장교들의 지휘하에 군 복무 경력이 있는 예비군들이 시민군의 주력을 이루고 있었지만 군 경험이 없는 10대와 20대들도 적지 않았다. 시민군 사상자가 속출했다. 무기가 없는 이들은 골목에 숨어 있다가 시민군이 쓰러지면 총을 확보하기 위해 위험을 무릅쓰고 달려갔다.

오후 4시, 개각을 단행한 정부와 계엄사는 공수 여단의 작전 통제권을 31사단에서 전교사 직접 통제로 전환시키고 소준열 육군 소장을 전교사 사령관으로 임명했다. 그동안 공식 지휘 계통 뒤에서 사태를 주도했던 신군부가 전면에 나서기 위한 조치였다. 광주 지역 담당 505보안 대장도 교체했다. 아울러 20사단 60연대의 광주 추가 투입을 결정한 신군부는 오후 4시 30분 광주 주둔 공수 부대의 철수와 광주 외곽 재배치를 명령하는 한편, 20사단을 광주 인근 주요 지역으로 투입, 광주를 완전히 봉쇄하기로 결정했다. 이날 군은 광주 거주 미국인 2백여 명을 군용 비행기로 송정리비행장에서 서울로 대피시켰다.

오후 5시 30분경 계엄군 장갑차 한 대가 빠른 속도로 도청을 나와 M60 기관총을 난사하면서 학동 쪽으로 질주했다. 장갑차는 학동과 지원동을 두 차례 왕복, 주민들을 공포로 몰아넣었다. 근처에 서 있거나 지나가던 사람들은 비명을 지르며 쓰러졌다. 도로변 건물 유리창이 깨지고, 가로수 가지들이 우수수 떨어졌다.

장갑차의 사격이 멈춘 지 몇 분 후, 열 대의 군용 트럭이 도청에서 무섭게 질주해 나오면서 M16을 난사했다. 거리에 포진하고 있던 무장 시민군들의 총구도 일제히 불을 뿜었다. 하지만 그들은

눈앞에서 벌어지고 있는 광경이 계엄군의 도청 철수 작전의 일환임을 까맣게 모르고 있었다.

김선욱은 총신을 약간 내려뜨린 채 아스팔트 너머 도청을 응시했다. 10여 분 전부터 계엄군의 사격이 멎어 있었다. 조금만 움직여도 어김없이 방아쇠를 당겼던 그들이었다. 그런데 몇몇 시민군이 앞으로 전진하는데도 거짓말처럼 총소리 한 번 나지 않았다. 인기척 없는 거리는 적막했다. 항쟁 이후 금남로에서 이토록 깊은 적막과 마주친 것은 처음이었다. 그것은 이해할 수 없는, 기이하기까지 한 적막이었다. 간혹 총소리가 적막을 깨뜨리곤 했는데, 시민군의 공포탄일 뿐이었다.

거무스레한 피 속에 잠긴 시체가 눈에 들어왔다. 죽기 직전 바로 옆에 있었던 청년이었다. 그는 짧은 비명과 함께 쓰러졌다. 김선욱이 그를 일으켜 세웠을 때는 왼쪽 머리가 보이지 않았고, 턱이 떨어져 가슴에 얹혀 있었다. 삶과 죽음을 가르는 것은 한순간의 우연이었다. 트럭을 몰고 계엄군 바리케이드를 향해 돌진할 때도 그랬다. 총탄이 트럭에 박히는 것을 몸으로 느꼈다. 그 총탄 하나가 가슴을 뚫고 들어온다 해도 조금도 이상한 일이 아니었다. 불길에 휩싸인 트럭에서 뛰어내리는 순간에도, 달려드는 얼룩무늬의 가슴속으로 칼을 깊숙이 찔러 넣었을 때도 마찬가지였다. 그는 거짓이 없는 우연에 자신을 맡기고 있었다.

시간이 얼마나 흘렀을까. 노을이 사라지면서 먼 하늘에서 연푸른 별이 보이기 시작했다. 김선욱은 몇 명의 시민군과 함께 총을 쏘며 도청 안으로 뛰어들었다. 머릿속에서 울리는 총소리가 흡사 목구멍에서 올라오는 것 같았다. 어둠에 잠긴 도청은 텅 비어 있었다. 아무도 없었고, 어떤 소리도 들리지 않았다. 도경 본부도 마찬가지였다. 시위 진압 장비들과 갖가지 서류들이 어지럽게 널려 있을 뿐 사람의 그림자는 어디에도 보이지 않았다.

김선욱은 멍하니 서 있었다. 어떤 가공의 세계를 보고 있는 듯 눈동자는 초점을 잃고 있었고, 총을 들지 않은 손은 무엇을 반죽하듯 쉴 새 없이 움직였다. 서늘한 바람이 창백한 뺨을 훑고 지나갔다. 맞은편 책상 한 귀퉁이에서 흰 종이가 팔랑거리며 아래로 떨어졌다. 거리에서 총소리가 들려왔다. 총구를 하늘에 고정시키고 쏘아 대는 공허한 소리였다. 그들은 낯선 적막을 두려워하고 있었다.

그는 어둠 속에서 가만히 있었다. 손의 움직임도 멎었다. 흐려진 두 눈은 무엇인가를 찾고 있는 듯했다. 하지만 그것이 무엇인지 김선욱 자신도 모르고 있었다. 입은 반쯤 벌어져 있었고, 심장은 빠르게 뛰었다. 주위는 물속처럼 고요했다. 그의 입에서 희열의 소리가 터져 나온 것은 잠시 후였다.

계엄군 퇴각 소식은 화살처럼 빠르게 퍼져 나갔다. 시민들은 서로를 껴안으며 기쁨의 눈물을 흘렸다. 그들은 자신들의 기억 속에서 사위어 가는 등(燈)을 끄집어내어 새롭게 불을 밝혔다. 수많은 등은 일제히 불꽃을 피워 올리며 도시를 환하게 비추었다. 그것은 죽은 자의 영혼이었고, 죽은 자의 불꽃이었다. 산 자는 죽은 자 주위를 맴돌며 웃음과 울음을 번갈아 터뜨렸다. 거대한 망치에 못 박힌 듯 고통스럽게 숨 쉬고 있던 도시는 처음으로 발랄한 움직임을 보이고 있었다. 그것은 혁명가가 존재하지 않은 혁명이었으며, 죽음을 넘어선 이들만이 맛볼 수 있는 승리의 열매였다. 그 해방의 땅이 2만여 명의 병력에 둘러싸인 절해고도의 도시임을 아는 이는 아무도 없었다.

해방

5월 21일 밤 11시

승리의 첫날 밤, 축제는 믿을 수 없을 정도로 짧게 끝났다. 환해야 할 시가지는 칠흑이었다. 인적도 끊겨 있었다. 시민들은 왜 불을 껐을까? 무엇 때문에 피로 쟁취한 해방의 거리를 버려둔 채 캄캄한 집 안에 스스로를 가두었을까?

지난 며칠간 그들의 영혼은 삶과 죽음의 혼용 속에 있었다. 삶은 죽음을 향해 팔을 벌렸고, 죽음은 삶의 팔을 끌어당겼다. 삶과 죽음은 등가의 세계였다. 이 등가의 세계야말로 광주를 저 놀라운 절대 공동체로 변환시킨 힘의 원천이었다. 도청 점령을 이룬 것은 광주 공동체였다. 하지만 아이러니컬하게도 도청 점령은 광주 공동체의 원천인 등가의 세계를 무너뜨리고 있었다. 승리의 희열이 삶의 무게를 증대시킨 것이다. 평형을 이루었던 저울대가 기울어지고 있었다. 등가의 세계가 무너지면서 광주 공동체의 구성원들

90

은 우리의 세계로부터 혼자의 세계로 회귀하고 있었다. 그 회귀는 광주 공동체가 이룬 승리를 다른 눈으로 보게 만들었다.

광주 공동체의 승리는 혁명 혹은 반란을 통한 승리였다. 도청을 점령한 시민군은 혁명군이거나 반란군이었고, 광주는 혁명과 반란의 도시였다. 시민들은 혁명군과 반란군의 일부이거나 혁명과 반란의 동조자였다. 이것은 누구에 의해서도 부인될 수 없는 명확한 사실이었다. 그들은 알고 있었다. 시민군이 혁명과 반란의 도시를 지킬 수 없음을. 그들의 두려움은 여기에 있었다. 상상을 초월한 만행을 저질렀던 계엄군이 반란군 진압이라는 명분으로 광주로 쳐들어온다고 생각하면 눈앞이 캄캄했다. 어떤 이들은 저 끔찍했던 여순 사건을 떠올리기도 했다.

1948년 10월 이승만 정부군은 좌파 반란 세력이 점령한 여수를 탈환하기 위해 육해공군 합동 작전을 폈다. 이틀에 걸친 정부군의 작전은 여수 시가지를 잿더미로 만들었다. 그 후에 몰아닥친 피바람은 끔찍했다. 물론 광주 시민은 좌파도, 반란 세력도 아니었다. 그들이 목숨을 걸고 싸운 것은 계엄군의 극단적 폭력 때문이었다. 하지만 신군부는 과거 정권이 그랬던 것처럼 그들의 항쟁을 공산주의자의 음모로 몰아가고 있었다. 그 의도를 노골적으로 드러낸 것이 5월 21일 저녁 7시 30분 생방송을 통해 발표한 계엄 사령관 담화문이었다.

이보다 아홉 시간 앞선 오전 10시 30분, 광주에 대해 전국 언론이 최초로 보도한 계엄사 발표가 있었다. 서울의 학원 소요 주동 학생 및 깡패 등 현실 불만 세력이 대거 광주로 내려가 사실무근한 유언비어를 날조해 퍼뜨림으로써 광주 사태가 시작되었다고 밝힌 계엄사는, 21일 오전 7시 현재 군경 다섯 명과 민간인 한 명이 사망했다고 주장했다.

그런데 저녁의 계엄 사령관 담화문은 사태의 원인에 대해 오전의 발표와 근본적으로 달랐다. 지난 5월 18일 수백 명의 대학생에 의해 재개된 평화적 시위가 엄청난 사태로 발전한 것은 타 지역 불순 인물 및 고정간첩들이 지역감정의 자극과 함께 공공시설의 파괴, 방화, 약탈 등을 선도했고, 이에 동조한 깡패 등 불량배들이 예비군 및 경찰의 무기와 폭약을 탈취하여 난동을 자행했기 때문이라는 것이었다. 이어 계엄군은 부득이 자위를 위해 필요한 조치를 취할 수 있는 권한을 보유하고 있다고 경고함으로써 무력 사용을 천명했다.

시민들은 전율했다. 그들의 항쟁은 5월 18일의 학생 시위에서 비롯된 것이었다. 계엄군이 짐승을 사냥하듯 그토록 무자비하게 진압하지 않았다면 전두환이 누군지조차 모르는 이들까지 몸서리치는 폭력과 맞설 턱이 없었다. 그럼에도 불구하고 시위에 앞장선 이들을 깡패, 불량배로 매도했다. 더욱 전율스러운 것은 항쟁의 배후 세력을 불순 인물과 고정간첩으로 지목했다는 사실이었다. 목숨을 걸고 싸웠던 시민들이 불순 인물과 고정간첩의 꼭두각

시가 되어 있었다.

시민들의 전율은 치열한 항쟁 속에서 잊고 있었던 죽음의 공포를 되살려 냈을 뿐 아니라 승리의 축제를 불꽃처럼 짧게 끝나게 하고, 도시를 칠흑 같은 어둠으로 만들었다. 하지만 그것뿐이었을까? 아니었다. 등가의 세계가 허물어지고 있었지만 그들은 광주 공동체를 잊지 못했다. 그 회열과 충만의 세계를 잊는다는 것은 불가능했다. 두려움이 커지면 커질수록 광주 공동체를 향한 그리움은 깊어져 갔다. 그리움은 슬픔과 함께 부끄러움을 불러일으켰다. 꽃잎처럼 스러진 임들은 변함없이 아름다운 등불이건만 임들과 함께 이룩한 해방 광주는 두려움이었다. 두려움이 곧 부끄러움인 것은 당연했다. 그들로 하여금 승리의 축제를 짧게 하고, 도시를 어둠 속에 유폐시킨 것은 두려움이자 부끄러움이었다.

박태민은 걸음을 멈추었다. 그와 나란히 걷던 김선욱도 멈추어 섰다. 어둠에 잠긴 도청 광장은 적막했다. 박태민은 불빛이 희미하게 새어 나오는 도청 건물을 응시했다. 그곳은 해방 광주의 권력 공간이었다. 그 공간이 지금 놀랍게도 비어 있었다.

박태민이 시민군의 도청 진입 소식을 들은 것은 유인물 제작 아지트에서였다. 전화를 건 이는 김선욱이었다. 계엄군 퇴각과 도청 진입 소식을 전하는 그의 목소리는 차분했다. 그들은 도청 입구에서 감격의 포옹을 했다. 박태민은 다친 데가 없느냐고 물었고, 김선욱은 몸이 너무 멀쩡해 이상할 지경이라고 쾌활한 목소리로 대답했다. 이틀 만의 재회였으나 죽음이 출렁거렸던 시간의 깊이는 아득했다. 김선욱과 함께 도청의 상황을 살핀 박태민의 얼굴은 금방 어두워졌다.

해방 광주의 권력 주체는 시민군이었다. 그러나 대부분의 시민군은 계엄군의 재진입을 막기 위해 외곽 지역으로 출동했다. 도청에 진입한 시민군은 소수였다. 문제는 그들의 자세였다. 그들은 해방 광주의 권부*인 도청을 낯설어하고 어색해했다. 그들이 주인이건만 박태민의 눈에는 주인 없는 집에 들어와 불안해하는 사람처럼 보였다. 총을 앞세우고 자랑스럽게 들어왔다가 자신이 있을 곳이 아니라고 생각한 듯 황급히 나가 버리는 이들도 있었다. 해방 광주가 총의 존재성을 적과 싸우기 위한 무기에서 권력의 표징으로 확대시켰음을 그들은 모르고 있었다.

권력은 조직에서 나온다. 조직 없는 권력은 없다. 그러나 도청에 진입한 시민군은 해방 광주라는 새로운 정치 공간을 위한 조직 활동을 전혀 하지 않았다. 그들은 자신들이 권력의 주체라는 사실조차 인식하지 못했다. 기존의 권력 집단이 도주한 도청의 권력 공간은 텅 비어 있었다. 이 공간을 채울 수 있는 유일한 세력은 광주 운동권이었다. 하지만 불행히도 그들은 처음부터 전선을 이탈했다.

*권부 : 권력을 행사하는 정부나 관청.

5월 18일 죽음의 항쟁이 전개되고 있을 때 광주 운동권은 부재 상태였다. 전날 밤 학생회 간부를 비롯한 청년 운동 지도부와 재야 민주 인사들이 대거 검거되었고, 검거를 면한 이들은 잠적했다.

광주 운동권의 주축은 민청학련(전국민주청년학생총연맹) 세대 였다. 1974년 4월 긴급 조치 제4호를 선포하게 한 민청학련 사건 은 학생들에게 노동자와 농민 문제에 깊은 관심을 갖게 했을 뿐 아니라 조직의 중요성을 일깨움으로써 산발적이고도 자연 발생 적인 학생 운동을 질적으로 비약시켰다.

1년 후 대부분 석방된 민청학련 세대들은 민주화 운동을 견인 한다. 광주의 민청 세대들은 자유주의적이고 낭만적인 6·3 세대 의 친목적 그룹과는 달리 이론 무장과 조직을 통해 운동을 확산시 켜 나갔다. 운동의 거점은 현대문화연구소와 녹두서점이었다. 사 회 운동 그룹으로서 유일한 공적 단체였던 현대문화연구소는 시 민 인권 운동을 비롯한 노동·농민·여성 운동의 지원 등을 통해 사회 운동권의 결집을 모색했고, 청년 운동권의 모임터 역할을 했 던 녹두서점은 독서 그룹을 통해 운동가를 배출했다.

이들 민청 세대들은 전남대와 조선대의 후배 학생들을 긴밀한 조직으로 연결시켜 1980년 봄의 학생 운동을 주도했다. 5·18의 씨앗인 민주화 성회도 그들의 작품이었다.

박태민은 민청 세대 그룹의 활동가였다. 그가 예비 검속*을 피 할 수 있었던 것은 얼굴이 덜 알려져 있었기 때문이었다. 그는 다른 활동가와는 달리 운동의 제2선에서 움직였다. 지도부가 그것을 원했다. 그러나 신군부의 예비 검속에 이은 5·18 학살은 박태민을 전선에 서지 않을 수 없도록 만들었다. 피의 전선에서 그는 유인물 제작과 배포에 주력했다. 전사의 조직은 불가능했을 뿐만 아니라 무의미했다. 민중은 자발적으로 전사가 되어 죽음과 죽임만이 있는 전선에서 치열하게 싸우고 있었다.

유인물은 항쟁 지도부가 부재하고 언론이 차단된 상태에서 민중 전사들의 전의를 결집시키는 효과적인 매체였다. '선전과 선동은 혁명의 시작이고 끝이다'라는 명제를 박태민은 씹고 또 씹었다. 하지만 해방 광주가 도래하면서 상황은 달랐다. 가장 시급하고 중요한 일은 해방 광주를 이끌 권력 주체의 조직이었다.

그 일을 수행해야 할 광주 운동권 지도부는 전선 이탈자들이었다. 그들은 죽음의 전선 앞에서 스스로 얼굴을 지웠다. 재야 민주 인사들과 6·3 세대는 물론이고 학생 운동 지도부마저 은신한 상황에서 예비 검속을 피한 민청 세대는 항쟁 참여를 놓고 갈등을 거듭했다. 계엄군의 무차별 발포가 시작된 5월 21일 오후 1시 그들은 녹두서점에 모여 있었다. 항쟁 기간 동안 녹두서점은 연락 거점이자 상황실 역할을 하고 있었다. 경악과 분노 속에서 대책을 논의한 그들은 상황이 절망적이라는 것에 의견을 같이했다. 그 시

---

*검속 : 공공의 안전을 위협하거나 죄를 지을 염려가 있는 사람을 경찰에서 잠시 가두던 일.

각에 박태민은 선혈이 낭자한 금남로에 있었다. 그들이 선택한 것은 피신이었다. 사태가 발생하면 현장에서 빨리 피해야 한다는 의식이 그들의 몸에 배어 있었다. 유신 독재를 거치면서 터득한 일종의 생존 방식이었는데, 혹심한 탄압이 만든 피해 의식이기도 했다. 무장 투쟁의 거리에 박태민은 홀로 남았다.

"선욱아."

어둠 속에서 박태민은 김선욱을 나직이 불렀다.

"네."

김선욱은 눈을 빛내며 박태민의 말을 기다렸다.

"난 두려워했었다."

"……."

"죽음을 말이다."

"저도 두려웠습니다."

김선욱은 생각했다. 죽음의 두려움에 대해. 두려움은 분명 있었다. 하지만 엄숙하고 고요한 두려움이었다. 엄숙함과 고요함 앞에서 그는 기꺼이 무릎 꿇었다. 운명 앞에서 무릎 꿇듯.

"하지만 죽음들이, 내가 보았던 수많은 죽음들이 나를 정화하더구나. 내 비루한 영혼을."

"저도 똑같은 것을 느꼈습니다."

김선욱은 떨리는 목소리로 말했다.

"그러면 우린 똑같은 사람이구나."

박태민은 팔을 뻗어 김선욱의 뺨을 어루만졌다. 김선욱은 가만히 있었다. 그의 손은 언제나 따뜻했다. 기억 속에만 존재하는 어머니의 손처럼. 이 따뜻함을 김선욱은 사랑하지 않을 수 없었다.

"이제 우리는……."

박태민은 어둠에 싸인 도청을 바라보며 혼잣말하듯 중얼거렸다.

"희귀한 역사의 시간 속으로 들어가야 한다."

두 사람의 어깨는 밤이슬에 축축이 젖고 있었다.

5월 22일 오전 10시

해방 첫날의 아침은 시민들의 청소로 시작되었다. 불에 그을린 채 방치되어 있는 차량과 바리케이드, 떨어진 간판, 공중전화 부스, 핏물에 젖은 유리 조각과 쓰러진 가로수 들……. 전쟁이 휩쓸고 간 폐허와 황량한 잔해들을 시민들은 말끔히 치웠다. 그들에게 해방 광주는 자랑스러움이자 두려움이었다. 전날 밤 칠흑 같은 어둠은 두려움을 일깨웠지만 밝은 아침 햇살은 자랑스러움을 일깨우고 있었다. 시민군이 탄 차량이 지나가면 열렬히 손을 흔들었고 주먹밥, 삶은 계란, 빵, 음료수, 담배 등을 아낌없이 주었다. 시장 아주머니들은 근처 길가에서 아예 솥을 걸고 밥을 지었다. 물통을 들고 나와 그들의 시커먼 얼굴을 닦아 주는 아낙네들도 있었다.

금남로와 도청 광장 주변에는 아침부터 수많은 시민들이 모여들었다. 뉴스에 목말라 한 그들에게 '투사회보'라는 새로운 제호

의 유인물이 배포되었다.

항쟁이 시작된 18일부터 21일까지 거리에 뿌려진 유인물은 10여 종이었다. 광주 시민 민주투쟁위, 조선대학교 민주투쟁위원회, 범 시민 민주투쟁위원회 등 가공의 단체 명의로 나온 그 유인물들은 비체계적이며 즉자적인 선전물에 머물고 있었다. 이 한계를 극복하 기 위해 기존의 유인물들을 통합, 일원화된 조직의 시스템 속에서 만들어진 것이 투사회보였다.

한편 도청에서는 해방 광주의 통치권을 확보하려는 첫 시도가 정시채 부지사에 의해 이루어지고 있었다. 아침 8시 10분경 정 부 지사를 비롯한 기획 관리 실장, 내무 국장 등 다섯 명의 도청 간부 들과 일부 직원들이 사태를 논의한 결과 시민 수습대책위원회를 구성하기로 했다. 부지사는 광주의 유지들과 각계각층의 인물들 에게 전화를 걸어 자치 정부의 성격을 띤 시민 수습위원회에 참석 할 것을 요청했다.

이보다 앞선 아침 7시경 무장 항쟁을 적극적으로 이끌었던 박남 선이 일단의 시민군과 함께 도청에 진입, 전날 밤 들어온 시민군과 합류했다. 공수 부대의 재침입을 우려해 광주천 부근에서 밤을 지 새웠던 그는 항쟁 기간 동안 계엄군과의 싸움을 전쟁으로 인식, 자 신의 군사 지식을 바탕으로 뛰어난 능력을 발휘한 인물이었다.

도청의 시민군들은 1층에 위치한 서무과를 상황실로 정하고 조 직 정비와 함께 무기 점검에 착수했다. 계엄군이 도청에 남기고 간 무기류는 카빈 소총 2,240정, M1 소총 1,225정, 38구경 권총 12정, 45구경 권총 16정, 기관총 2정을 비롯하여 실탄 4만 6,400발과 TNT 네 박스, 뇌관 1백 개, 장갑차 다섯 대였다. 무전기와 방독면도 여기저기 뒹굴고 있었다.

계엄군의 집단 발포 이후 인근 도시로부터 유입된 무기들 중 다이너마이트가 있었다. 화순광업소에서 탈취한 그것은 8톤 트럭 분량으로, 광주 시내 중심가를 폐허로 만들 수 있는 엄청난 양이었다. 무장 시위대는 다이너마이트를 뇌관, 도화선 등과 함께 일곱 대의 트럭에 실어 도청 지하실로 옮겼다. 계엄군의 시내 진입을 저지시킬 수 있는 위협용 무기로 활용하기 위함이었다.

계엄군 퇴각 후 지역 방위에 나섰던 시민군들이 광주공원으로 속속 모여들어 아침 9시경에는 1천여 명에 이르렀다. 군 경험이 있는 예비군들의 참여가 두드러졌다. 도청 상황실이 시민군 사령부라면, 광주공원은 야전군 본부 역할을 하고 있었다. 당면 문제 중 가장 시급한 것은 항쟁 과정에서 큰 위력을 발휘한 차량의 정비와 통제였다. 시내 주유소의 유류 비축량이 충분하지 않은 상황에서 1백여 대에 이르는 차량들이 무질서하게 운행되고 있었다.

자생적으로 이루어진 시민군 지도부는 차량의 등록과 함께 임무를 부여했다. 소형 차량은 의료와 연락을, 대형 차량은 병력과 시민의 수송, 보급, 청소를 맡았고, 군용 지프는 지휘·상황 통제와 순찰을, 군용 트럭은 전투 임무를 맡았다. 계엄군 침입 시 신속하게 지원할 수 있도록 무장 트럭 스무 대가 도청 앞에 배치되었으며, 대중교통의 운행 중단에 따른 시민 불편 해소를 위해 임시 노선이 만들어졌다.

시민군 지도부가 특히 신경을 쓴 것은 치안 유지였다. 총이 나도는 상황에서 범죄의 가능성은 상존했다. 더욱이 계엄사는 해방 광주를 폭도가 들끓는 무법의 도시로 매도했다. 경찰서, 은행, 관공서 등 시내 주요 건물에 시민군을 배치한 것은 계엄사의 선전이 거짓임을 보여 주기 위한 시민군 지도부의 노력이었다.

아침 10시경 한 청년이 도청을 찾았다. 그의 이름은 김창길이었고, 전남대 농대 재학생이었다. 서클 연합회 행사 부장을 맡고 있었지만 학생회 활동은 거의 없었다. 목포에서 통학하고 있었던 까닭에 5월 16일 횃불 시위가 끝나자 광주를 떠났으나 심상치 않은 소식이 들려와 19일 오전 버스 편으로 돌아왔다. 동명동 사촌 누나 집으로 간 김창길은 계엄군이 퇴각한 21일까지 줄곧 집에만 있었다. 그의 말에 의하면 누나와 매형의 감시 때문에 대문 바깥으로는 한 걸음도 나가지 못했다고 한다.

22일 아침에는 웬일인지 거리가 조용했다. 궁금한 생각이 들어 도청을 향해 걸었다. 금남로에는 군인의 그림자도 없었다. 무장 청년들이 도청 정문을 지키고 있는 것을 보고 계엄군이 물러갔다는 것을 비로소 알았다.

"지금 도청에서 지도부를 구성하고 있는 사람들은 누구요?"

학생회 간부들이 활동하고 있으리라 생각한 김창길은 청년들에게 물었다.

"우리도 잘 모르겠소."

전남대 학생 지도부를 웬만큼 알고 있었던 그는 학생증을 제시하며 들어가게 해 달라고 말했고, 청년들은 선선히 허락했다. 도청 안으로 들어간 그가 지도부를 찾자 낯선 청년이 나타났다. 김창길은 청년에게 어느 학교에 다니는 누구냐고 물었다. 청년은 당황하면서 고려대에 다닌다고 했다가 잠시 후 전남대생이라고 말을 바꾸었다. 이상하게 여긴 김창길이 꼬치꼬치 캐묻자 대학생이 아니라고 실토했다. 그 청년이 바로 21일 저녁 일단의 무장 시민군을 이끌고 도청으로 들어온 김원갑이었다. 광주 공동체의 탁월한 전사였던 김원갑은 도청에서 실권을 행사하고 있었다. 그때 박남선은 외곽의 방어 진지를 순찰 중이었다. 그는 계엄군의 침입에 대비, 시민군의 전투 조직 강화에만 관심을 쏟았을 뿐 도청의 중요성을 간과하고 있었다.

"지금의 사태는 당신이 해결할 수 있는 문제가 아니오. 대학생이 먼저 민주화 시위를 했고, 지금의 상황도 그 연장으로 볼 수가 있소. 당신의 신분은 사태를 수습하는 책임자로서 적절하지가 않소. 학생 지도부가 정식으로 구성될 때까지 내가 맡겠소."

계엄군과 죽음의 싸움을 벌였던 광주 공동체의 절대 세계는 너와 나를 구분하지 않았다. 산 자와 죽은 자의 경계가 허물어진 그 희귀한 세계는 너와 나의 구분을 무의미하게 만들었다. 너는 곧 나였고, 우리였다. 아무도 '너는 누구인가?'를 묻지 않았다. 하지만 해방 광주는 달랐다. 광주 공동체가 '우리의 시간'이었다면 해방 광주는 '나의 시간'이었다. 그리하여 나와 다른 너의 정체에 대해 호기심을 드러내기 시작했다.

김창길의 '너는 누구인가'라는 물음은 지극히 당연했다. 왜냐하면 그는 광주 공동체의 절대 세계를 전혀 몰랐기 때문이었다. 하지만 김원갑은 달랐다. 그의 정신은 여전히 광주 공동체 속에 잠겨 있었다. 그 세계의 사람들은 아무도 너는 누구인가를 묻지 않았다. 삶과 죽음을 나누어 가지고 있었건만 이름조차 알려고 하지 않았다. 그런데 스스로 대학생임을 밝힌 낯선 청년이 느닷없이 그에게 정체를 묻고 있었다. 당황한 김원갑은 자신의 신분을 숨기려 했지만 결국에는 실토하고 말았다.

너와 나의 차별이 다시 시작된 것은 시위대의 총기 무장이 이루어진 21일 오후부터였다. 광주로 유입된 총기는 5천4백여 정이었고, 총을 잡은 이들은 1천여 명이었다. 그날의 시위 군중은 30만여 명이었다. 그러니까 29만 9천여 명은 비무장이었다. 시가전이 벌어지자 그들 중 상당수는 집으로 돌아갔다. 모두가 우리였고 전사였던 광주 공동체에서 시민군이라는 새로운 집단이 탄생함으로써 비무장 시민들은 전사에서 평범한 시민으로 전락했다.

계급에 대한 물음이 전혀 없었던 것은 아니었다. 항쟁의 불씨를 키운 이들은 학생이었다. 그런데 항쟁이 전쟁의 상황으로 치닫던 19일부터 학생들이 보이지 않았다. 항쟁의 주체가 대학생에서 노동에 직접 종사하는 기층민으로 바뀌자 많은 사람들이 '일만 저질러 놓고 도망가 버렸다?', '배운 놈들이라 제 목숨만 아깝게 여긴다'고 원망을 토로했다. 더욱이 시위에 적극 참여했던 소수의 대학생들마저 총기 무장 이후 이탈이 두드러졌다. 이 같은 현상은 재산가들에게서도 고스란히 나타났다. 항쟁 기간 중 부유층 주택가는 거의 비어 있었다.

도청이 점령되자 무장 시민과 비무장 시민의 차별은 한층 선명해졌다. 비무장 시민들은 계엄군의 총도 두려워했지만 시민군의 총도 두려워했다. 두려움은 가진 것이 많은 사람일수록 더 컸다. 그들에게 기층민은 믿을 수 없는 계급이었다. 김창길이 김원갑에게 정체를 물은 것은 믿을 수 있는 계급인가를 확인하기 위함이었다. 그런데 김원갑은 왜 대학생으로 위장하려고 했을까? 묻는 자의 신분이 대학생이었기 때문이었다. 광주 공동체에서는 모두가 똑같은 존재였다. 그 무등(無等)의 세계는 계급적 열등감으로 고통받고 있었던 이들에게 황홀이었다. 김창길이 나타났을 때 시민군의 선도적 전사 김원갑은 여전히 광주 공동체의 황홀 속에 갇혀 있었다.

정오

도청 옥상의 태극기가 검은 리본이 달린 조기로 게양되고 있었다. 나흘간의 항쟁에서 숨진 이들의 영령을 추념하기 위함이었다. 정오의 햇살은 밝고 따뜻했다. 계엄군 퇴각 후 시내 병원에 산재한 시신들이 도청으로 옮겨졌다. 시민군은 시신들을 수습하러 다녔지만 한계가 있었다. 신원이 확인된 시신들은 임시 빈소가 마련된 상무관에 안치되었다. 유족들의 오열 속에서 분향하려는 시민들의 발길이 끊이지 않았다.

조기 게양과 함께 「애국가」가 울려 퍼졌다. 도청 광장과 금남로를 메운 시민들은 경건한 자세로 왼쪽 가슴에 손을 올렸다. 울먹이면서 「애국가」를 부르는 이들도 있었다. 어제의 「애국가」는 그들을 향한 발포 명령이었다. 그러나 오늘의 「애국가」는 발포의 희생자를 위한 슬픔의 노래였다. 어제와 오늘의 시간은 그렇게 달랐다.

이 무렵 신부, 목사, 변호사, 관료, 사업가 등 지역 인사 15인으로 이루어진 시민 수습대책위원회가 정부에 대한 7개 항목의 요구 사항을 결정했다. 사태 수습 전 계엄군 투입 금지, 계엄군의 과잉 진압 인정, 연행자 전원 석방, 부상자와 사망자에 대한 치료 및 보상, 사후 보복 금지, 전일 방송을 통한 사실 보도와 함께 이상의 요구를 받아들이면 무장 해제하겠다는 내용이었다. 토론 과정에서 계엄 해제, 전두환 퇴진, 계엄군 철수, 발포자 공개 등 강경한 의견들이 나왔는가 하면, 일부 수습위원들이 무장 해제를 지나치게 강조함으로써 반발을 불러일으키기도 했다. 정시채 부지사는 계엄사와의 직통 전화를 통해 내용을 알린 후 협상 여부를 물었고, 계엄사가 차량에 흰색 기를 달고 오면 맞아들이겠다고 했다.

해방 광주의 시민에게 가장 큰 두려움은 시민군과 계엄군과의 전면 전쟁이었다. 공수 부대의 만행을 생생히 경험했던 그들에게 전면 전쟁은 광주를 다시 피바다로 만드는 것이었다. 악마의 무리처럼 보였던 계엄군과의 협상은 불가피했다. 수습위원회의 출현은 필연이었다. 하지만 관료의 주도로 만들어진 수습위원회는 인물 선정에서 재야의 불신을 샀다. 독재 정권에 협조하여 기득권을 누린 친여 성향의 인사들이 수습위에 참여하고 있었기 때문이었다. 재야 인사 10여 명이 남동성당에 따로 모였던 것은 이런 까닭에서였다. 수습위에 참여했던 조비오 신부가 남동성당에 모인 이들에게 도청 분위기와 함께 7개 항의 수습 조건을 설명했다. 아쉬움은 있지만 그 정도면 동의할 수 있는 수준이라고 의견을 모은 그들은 협상 결과를 주시하기로 했다.

오후 1시경 수습위원회 대표 여덟 명이 상무대의 전남북 계엄 분소로 떠났다. 대표단 속에는 김창길도 있었다. 그는 김원갑과의 대화 이후 도청에서 가장 중요한 인물이 되어 있었다. 그가 주창한 대학생 책임론이 해방 광주의 고뇌를 스스로 짊어지려는 언어로 해독되어졌기 때문이었다.

해방 광주가 혁명의 도시라면 시민군은 혁명군이었다. 비무장

시민들은 혁명군을 애틋이 사랑하면서도 두려워했다. 그들에게 혁명군은 광주를 다시 피의 소용돌이 속으로 몰아넣을지도 모를 재앙의 씨앗이었다. 이 두려움을 해소시키는 언어가 대학생 책임론이었다. 대학생 책임론이야말로 혁명군과 계엄군의 충돌을 막을 수 있는 유일한 대안이었다. 해방 광주는 대학생을 가장 중요한 계급으로 부상시켰고, 그 최초의 인물이 김창길이었다.

밤 9시

눈을 떴다. 주위가 캄캄했다. 내가 언제 잠이 들었던가? 도예섭 신부는 중얼거리며 손으로 이마를 쓸었다. 땀이 끈적하게 묻어났다. 뜨거운 열이 느껴졌다. 작은 불덩어리 하나가 몸 안을 돌아다니는 것 같았다. 맞은편 벽을 보았다. 창문 커튼 틈으로 새어 들어오는 희미한 광선이 띠 모양을 이루며 벽에 걸린 십자가를 어렴풋이 드러내고 있었다.

임종 때 행하는 종부 성사에서 그는 그리스도의 대리자로서 죽음을 슬퍼하면서도 축복했다. 슬퍼함은 하느님에게 부여받은 생명이 다했기 때문이며, 축복함은 죽음의 시간이야말로 영혼을 정결케 하는 우슬초*이기 때문이다. 그는 죽음을 축복하면서 '우슬초로 나를 정결하게 하소서, 내가 깨끗해질 것입니다. 나를 씻기

---

*우슬초: 유대인들이 귀신이나 재앙을 쫓으려고 제물의 피를 묻혀 뿌리는 데 쓴 식물.

소서, 내가 눈보다 희게 될 것입니다' 하고 시편의 기도를 마음으로 노래했다.

그런데 농아 청년의 죽음은 달랐다. 그것은 축복을 불가능하게 하는 죽음이었을 뿐 아니라, 자신이 축복을 내릴 자격이 있는 사람인가를 묻게 하는 죽음이었다. 그리스도는 인간의 죽음을 바라보지 않았다. 스스로 죽음 속으로 들어가 죽음과 일체를 이룸으로써 인간의 죄를 걸머지셨다. 그리스도의 대리자인 사제는 바라보는 자가 아니었다. 하지만 그는 바라보고만 있었다. 어린아이처럼 무력하고 순수한 한 인간이 죽음의 고통을 겪고 있을 때 그는 바라만 보았다. 죄 없는 죽음 앞에서 그리스도의 대리자는 그리스도를 잊고 있었다.

19일부터 신도들의 전화가 빗발쳤다. 죄 없는 시민들이 피 흘리며 죽어 간다고 울면서 말했다. 하느님은 지금 무엇을 하시느냐고 절규하는 이들도 있었다. 거리의 시민들도 울고 있었다. 울고 있는 모습이 또렷이 보였다. 21일 오전, 동료 신부가 전화를 했다. 그는 우리가 어둠 속에 숨어 기도만 드릴 때가 아니라고 하면서 함께 모여 사제로서 해야 할 일을 의논해 보자고 말했다. 기꺼이 승낙했다. 그는 자신이 그리스도를 어겼음을 통절히 느끼고 있었다. '너희는 내가 어두운 곳에서 너희에게 말한 것을 밝은 데서 말하고, 너희 귀에 조용히 들려준 것을 옥상에서 큰 소리로 외쳐라' 하신 그리스도의 말씀을 실천하지 않았다. 육신은 죽일 수 있지만 영혼은 죽이지 못하는 무리들을 두려워하지 말라고 하신 말씀도 지키지 못했다. 그는 홀로 진실을 지킬 자신이 없었다.

그를 포함하여 여덟 명의 신부가 호남동성당에 모였다. 그 시각 도청 앞에서는 10만이 넘는 시민들과 계엄군이 대치하고 있었다. 그들이 충돌할 경우 엄청난 유혈 사태가 나리라는 것은 불을 보듯 했다. 회의는 비장한 분위기 속에서 진행되었다. 유혈 참극을 막는 것이 무엇보다도 중요하다는 데 인식을 같이한 신부들은 논의 끝에 미사 예복인 장백의(長白衣)를 입고 시위대와 계엄군의 경계선인 도청 광장으로 나가기로 결의했다.

미사는 그리스도가 현존하는 신비로운 공간이다. 희고 긴 옷을 입은 신부는 빵과 포도주를 그리스도의 살과 피로 변화시키며, 신자들은 그리스도의 살과 피를 먹고 마신다. 이 경이로운 신비의 원천은 그리스도의 수난과 부활이다. 수난의 피 흘림 속에서 부활의 광휘를 발견하는 것이야말로 성찬식의 핵심이다. 신부들이 미사 예복을 선택한 것은 피의 경계선인 도청 광장을 그리스도의 현존적인 구원 행위인 미사의 공간으로 변화시키기 위함이었다.

일행을 대표하여 호남동 본당 주임 신부가 계엄사 측에 전화를 걸었다. 그는 신부들의 뜻을 알린 후 자신들에게 발포하지 말 것을 요청했으나, 만일의 사태가 발생해도 책임질 수 없다는 대답을 들었다. 상황에 따라 발포할 수도 있다는 뜻이었다. 어둡고 무거운 분위기 속에서 의견이 오고 갔다. 회의가 정체되면서 침묵의 시간이 길어졌다. 수난의 피 흘림이 요구되고 있었으나 누구의 입에서도 그 말은 나오지 않았다. 빵과 포도주를 그리스도의 살과 피로 바꾸는 데는 익숙해 있는 그들이었지만 자신의 살과 피를 그리스도의 살과 피로 바꾸는 데는 익숙하지 않았다. 그들은 두려워했다. 죽음을 두려워했고, 육신은 죽일 수 있으나 영혼은 죽이지 못하는 무리들을 두려워했다. 그리고 두려워하는 자신의 모습에 괴로워했다. 두려움은 괴로움을 찔렀고, 괴로움은 두려움을 찔렀다. 홀로 감당할 수 없는 진실을 함께 감당하고자 모였건만 어느덧 홀로되어 진실에 짓눌려 신음하고 있었다. 신부들의 침묵은 총소리에 의해 산산조각이 났다. 불길하면서도 격렬한 총소리였다. 조금 뒤 신도들이 새파랗게 질린 채 성당으로 들어와 계엄군의 사격으로 도청 주위가 아비규환*이라고 말했다. 크게 놀란 신부들은 뿔뿔이 흩어져 저마다 갈 길을 재촉했다.

성당을 나온 도예섭 신부는 총소리가 나는 쪽을 향해 걷기 시작했다. 봄볕 가득한 금남로는 생명을 가차 없이 찢어발기는 죽음의 바람에 휩싸여 있었다. 시체들이 여기저기 있었고, 부상자들의 신음과 절규는 하늘을 찔렀다. 가슴이 피투성이가 된 소년도 보였다. 한 청년이 죽어 가는 소년 곁에서 오열하고 있었다. 그는 피 흘리는 이들과 울고 있는 이들에게 다가가고 싶었다. 다가가 그들

*아비규환: 여러 사람이 비참한 지경에 빠져 울부짖는 참상을 비유적으로 이르는 말.

의 해진 영혼을 위해 기도하고 싶었다. 하지만 완강히 가로막는 것이 있었다. 부끄러움이었다. 그는 자신이 버림받은 존재임을 통절히 느꼈다.

그리스도의 죽음은 우주적 죽음이었다. 그분의 죽음은 그분이 진실로 사랑하셨던 인간의 죽음을 우주적 죽음으로 만들었다. 죽음이란 단순한 잠이 아니다. 한 인간을 죽인다는 것은 우주를 죽이는 것이다. 그 죽임의 행위가 지상을 휩쓰는데 그리스도의 대리자인 신부는 어디에도 보이지 않았다. 문 닫히는 소리가 났다. 문은 소리 없이, 고요히 닫히고 있었다. 닫힌 문 앞에서 서성거리고 있는 자신의 모습이 보였다. 얼굴은 노인처럼 쭈글쭈글했고, 몸뚱이는 종이처럼 얇았다. 그는 이상하게 변해 버린 자신의 모습을 멍하니 보았다.

참된 기독교인은 그리스도를 향해 다가가는 사람이다. 그리스도에게 다가간다는 것은 그리스도와 닮는다는 뜻이다. 그리스도와 닮기 위해 일생을 바친 사람이 사제다. 신품 성사가 그토록 장엄하고 아름다운 것은 거룩한 존재를 닮기 위해 영혼 전체를 바치는 의식이기 때문이다. 그리스도의 몸은 청년의 몸이다. 그런데 사제인 그는 지금 노인의 몸이 되어 있었다. 그는 노인의 몸을 이끌고 정처 없이 걸었다. 황폐한 들판 위를 홀로 걷고 있는 느낌이었다. 하늘에서 검은 비가 쏟아져 내린다 해도 조금도 놀라지 않을 것 같았다. 죽음의 땅 위로 검은 비가 쏟아져 내리는데 놀랄 이유가 없었다. 눈앞의 사물들이 뿌옇게 보였다. 소리도 들리지 않았다. 영혼의 죽음 때문이었다. 그의 영혼은 까맣게 죽어 있었다. 너무나 깊은 죽음이라 빛도 소리도 닿지 않았다. 시간이 얼마나 흘렀는지 알 수 없었다. 무릎이 욱신거렸다. 어디선가 넘어졌고, 누군가 그를 일으켜 세운 기억은 났지만 꿈속의 일처럼 아득했다. 무엇인가 어렴풋이 보이기 시작했다. 처음에는 너무 흐려 커다란 얼룩처럼 보였으나 차츰차츰 또렷해지고 있었다. 여인이었다. 남색에 붉은색 무늬의 임부복을 입고 있는 여인의 둥근 배는 만삭이었다. 그의 입에서 신음 같은 탄성이 새어 나왔다. 황폐한 죽음의 들판에서 생명을 잉태한 여인을 만났다는 것은 행운이 아닐 수 없었다. 그는 생각했다. 혹시 그리스도의 은총이 아닐까 하고. 캄캄한 어둠 속에서 길을 잃고 방황하는 어린양이 가여워 보내신 빛 한줄기가 아닌가 하고.

여인은 주위를 조심스럽게 살피고 있었다. 그녀의 얼굴이 움직일 때마다 검은 머리칼이 흩날렸다. 눈처럼 흰 햇살 속에서 정적이 뒹굴고 있었다. 여인의 반짝이는 치아가 보였다. 어쩌면 햇살의 조각일지도 몰랐다. 그는 고통스럽게 숨을 쉬었다. 아름다운 대상이 불러일으키는 황홀한 고통이었다. 몸 안에서 어떤 움직임이 느껴졌다. 부드럽고 섬세한 그것은 생명의 움직임이었다. 여인의 내부처럼 자신의 내부에서도 생명이 움직이고 있었다. 까맣게 죽어 버린 영혼의 심연에서 움직이고 있는 그것은 사랑의 물결이었다. 이제 그는 홀로 있지 않았다. 누군가 그의 내부 속으로 들어와 사랑의 물결을 일으키고 있었다. 그 거룩한 물결은 그를 세계와 일치시켰다. 그는 형언하기 힘든 행복감 속으로 빠져 들었다. 이 모든 것이 허물어진 것은 낯선 소리와 함께였다. 여인의 몸이 기우뚱하더니 힘없이 쓰러졌다. 피투성이가 된 여인의 머리를 본 것은 잠시 후였다.

밤 11시 30분

머턴은 멀어져 가는 미스터 황의 차 소리를 들으며 조심스럽게 성당 문을 밀었다. 문은 소리 없이 열렸다. 성당 안은 어두웠다. 작은 빛이 고여 있는 낮은 창문과 금박의 나무 촛대가 눈에 들어왔다.

종신 서원을 한 동생이 수도원이라는 미묘하고 비밀스러운 곳으로 사라진 후 그에게 성당은 특별한 공간이 되어 버렸다. 동생이 사라진 곳은 펜실베이니아 주의 먼 산골짜기에 있는 수도원이었다. 세상과 격절된 그곳에 딱 한 번 가 보았다. 작고 초라한 역사에서 자동차로 한 시간이나 더 들어갔다. 수도원 뒤편은 울창한 산림이었고, 왼편은 거대한 계곡이었다. 조용히 닫히는 문, 어둡고 축축한 복도, 높은 천장, 맑고 높은 종소리, 수도복의 양털 냄새. 이 모든 것들이 동생의 청아한 기도 소리와 함께 기억의 한쪽에서 작은 등불처럼 깜박였다.

그가 미스터 황이 마련해 놓은 여관을 마다하고 이 성당에 거처를 정한 것은 작은 등불의 깜박임 때문인지도 몰랐다. 울음이 떠도는 도시에서 세속의 냄새가 배어 있는 여관방으로 들어간다는 것은 너무나 쓸쓸했다. 물론 그것만은 아니었다. 한 임산부의 죽음 앞에서 낯선 신부가 드러낸 비탄의 자태는 그를 강하게 사로잡았다. 움직이지 않는 신부의 육신은 여인의 죽음에 대한 혼신의 저항이자 슬픔이었다. 육신의 부동(不動) 속에서 흘러나오는 눈물은 신비롭기까지 했다. 머턴은 신부에게서 시선을 뗄 수가 없었다. 여인의 시신이 영안실로 옮겨지자 흐느적거리는 걸음걸이로 병원을 나선 신부는 길 잃은 어린아이처럼 거리를 헤매었다. 걸음의 속도가 자주 바뀌었고, 길이 갈라지는 곳에서는 겁에 질린 표정으로 주위를 두리번거렸다. 때로는 무엇인가를 뚫어질 듯 보는가 하면, 같은 곳을 계속 맴돌기도 했다. 신부가 지쳐 쓰러진 곳은 성당의 제단 십자가 앞에서였다.

피로가 엄습했다. 어젯밤 잠을 거의 못 잔 데다 아침부터 늦은 밤까지 취재하느라 신경을 곤두세웠으니 컨디션이 좋을 리가 없었다. 의자에서 일어나야겠다고 생각했으나 움직이기가 싫었다. 성당 바닥에 그대로 드러눕고 싶었다.

신군부에게 가장 이상적인 시나리오는 해방 광주의 무장 해제를 통한 무혈 점령이었다. 무기를 반납한다는 것은 계엄군과 맞섰던 무장 시민군의 정당성을 스스로 부인하는 행위가 되며, 그 순간 신군부는 광주로부터 정치적 헤게모니*를 빼앗게 된다. 그럼에도 불구하고 대표단은 시민들에게 무장 해제를 호소했다. 물론 그들 사이에는 입장 차이가 분명 있었다. 광주가 흘린 피에 대해 개인마다 정치적 견해와 정서가 달랐다. 친여 성향의 인사들은 무기 반납을 중요시하는 반면에 재야 쪽 인사들은 계엄사의 사과를 중요시했다. 하지만 무기 반납의 불가피성에는 인식을 같이했다. 더 이상 광주가 피를 흘려서는 안 된다는 입장에서였다.

대표단이 무기를 회수하고 질서를 유지하자고 말했을 때 대부분의 시민들은 긍정적인 반응을 보였다. 하지만 계엄군의 무력 진압을 피하기 위해서는 무기 반납이 불가피하다는 주장에는 거부감을 나타내는 이들이 많았다. 분노를 참지 못한 몇몇 이들은 단상으로 뛰어 올라와 마이크를 빼앗고 대표단을 밀쳐 내기까지 했다. 조선대 학생 김종배는 대표단에게 '일방적인 무기 반납은 광주 시민의 피를 파는 행위'라고 소리쳤다. 주변에 있던 몇몇 시민군들은 허공으로 총을 쏘았다. 당황한 대표단은 황급히 자리를 떴다. 머턴은 시민의 심정을 단박에 알아차렸다. 계엄군이 사라진 시내에는 총이 무질서하게 돌아다녔다. 고등학생은 물론이고 중학생까지 총을 들고 있었다. 심지어 어떤 철부지들은 수류탄을 옷에 달고 있어 보는 이의 간담을 서늘하게 했다. 총은 적과 싸우기 위한 유용한 무기이기도 하지만 범죄의 도구이기도 하다. 무장 시

* 헤게모니(Hegemonie): 주도권.

민군의 주류가 상대적으로 범죄 세계와 가까운 기층민이라는 사실은 특히 중산층 이상의 시민들을 불안하게 만들었다. 게다가 계엄군은 해방 광주를 폭도의 도시로 선전하고 있었다. 해방 광주는 범죄 없는 세상이 되어야 했다. 무기 회수는 이 불안을 해소할 수 있는 방법이었다.

그러나 회수된 무기를 계엄군에게 반납해야 한다는 주장은 다른 문제였다. 그것은 투항이었다. 계엄군의 무력 진압에 따르는 피해를 두려워하면서도 광주 공동체를 잊지 못하는 이들이 많았다. 그들에게 생명을 담보로 한 투항은 치욕이었다. 물론 그들 중에서 무기 회수에 동조하는 이들도 있었다. 하지만 그들의 생각은, 시민군을 조직적으로 편성하여 강력한 방어 체제를 수립한 후 무기를 다시 지급하는 것이었다.

협상결과 보고대회는 시민 수습위원회의 권위를 여지없이 무너뜨렸다. 그것은 전혀 뜻밖의 사태가 아니었다. 해방 광주의 내면을 조금만 들여다보면 충분히 예측할 수 있는 일이었다. 원로와 명망가 중심으로 구성된 시민 수습위원회는 해방 광주를 감당할 수 있는 조직이 아니었다. 광주 공동체의 절대 세계를 체험하지 못한 그들은 시민의 정서를 모르고 있었다. 그런 이들이 무장 시민군의 정서를 알 턱이 없었다.

광주 공동체를 가장 그리워하는 이들은 무장 시민군이었다. 일상생활에서 계급적 차별과 편견에 시달렸던 그들에게 광주 공동체는 계급이 존재하지 않는 꿈의 세계였다. 그러나 수습위원회가 추구하는 것은 현실 세계로의 회귀였다. 무장 시민군이 수습이라는 말 자체에 혐오감을 나타내는 것은 당연했다.

그들 중 일부는 복면을 하고 시내를 질주했다. 이른바 복면 부대로 지칭되었던 그들은 계엄 철폐, 전두환 처단 등 붉은 글씨의 플래카드가 나부끼는 트럭을 타고 다니면서 투쟁을 선동했다. 나중에 안 사실이지만 계엄사는 무장 폭도의 상징으로 복면 부대를 지목했고, 텔레비전과 신문은 이를 크게 보도했다. 그들이 복면을 한 이유는 명확히 알려져 있지 않았지만 기관원들에게 노출되는 것을 피하기 위함이라는 견해가 일반적이었다. 시내에는 시민으로 위장한 기관원들이 활보하고 있었다.

해방 광주의 핵심 세력은 시민군이었다. 시민군 없는 해방 광주는 존재 자체가 불가능했다. 해방 광주를 통치한다는 것은 시민군을 통치한다는 것을 의미했다. 수습도 마찬가지였다. 무기 회수는 시민군의 동의 없이는 이루어질 수 없다. 그런데 수습위원회와 시민군의 거리는 너무나 멀었다. 이런 상황 속에서 총기 회수가 시작되었다. 순순히 총을 내놓는 이들도 있었지만 거부하는 이들도 많았다. 총기 회수는 해방 광주에서 가장 민감한 문제였다.

협상결과 보고대회가 규탄대회로 바뀌면서 시민들 사이에서 해방 광주를 기존의 수습위원회에 맡겨서는 안 된다는 목소리와 함께 대학생 책임론이 본격적으로 터져 나왔다. 무장 시민군이 정

해방 119

체가 불명확하고 감정적이며 조직력이 결여되어 있다면, 대학생은 신분이 명확하고 이성적 판단과 조직력을 갖추고 있었다. 더욱이 수습위원회보다는 대학생이 시민군과 거리가 훨씬 가까웠다. 삶과 죽음이 엇갈리는 항쟁의 전선에서 대학생들이 대거 이탈했지만 광주 공동체의 전사로서 끝까지 싸운 이들도 있었다. 그들은 시민군과 마찬가지로 꿈의 세계를 잊지 못했다. 시민군 상황실에서 활동하고 있는 대학생들 대부분이 광주 공동체의 전사 출신들이었다.

밤 10시경에 조직된 학생 수습위원회는 대학생 책임론의 구체적인 결실이었다. 전남대와 조선대에서 각각 다섯 명씩 대표로 추천받은 열 명의 학생들이 송기숙, 명노근 전남대 교수의 인솔하에 도청 상황실로 들어간 것은 저녁 7시경이었다. 두 교수는 1978년 6월 유신 체제 이데올로기를 비판한 이른바 교육 지표 사건으로 해직되어 학생들의 신뢰를 받고 있었다. 명노근은 복직되었으나 송기숙은 여전히 해직 상태였다.

시위대와 계엄군의 유혈 충돌이 전면전으로 확산되고 있던 20일, 두 교수는 계엄군의 강경 진압으로 시위가 가라앉을 것이며, 그 후 배후 세력의 검거에 주력할 것이라고 판단하여 동료 교수들과 함께 광주를 빠져나갔다. 하지만 21일 서울에 도착해 보니 자신들의 판단이 틀렸음을 알게 되었다. 항쟁은 더욱 거세어졌고, 신군부는 광주를 초토화시킬지도 모를 강경 진압을 발표했다. 자신들이 비겁한 도망자가 되어 있음을 깨달은 그들은 죽더라도 고향 사람과 같이 죽자는 심정으로 22일 오전 광주로 다시 돌아와 학생 수습위원회 조직에 참여했다.

그들이 대학생 대표들과 함께 시민군 사령부인 상황실로 들어간 것은 현명한 판단이었다. 해방 광주를 주도하기 위해서는 시민군의 협조가 절대 필요했다. 그러나 대학생 조직에 대한 시민군의 반발은 거셌다. 시민군은 자신들에 대한 시민의 불안을 감지하고 있었을 뿐 아니라 대학생 집단이 갖고 있는 계급적 우월성을 민감하게 의식하고 있었다. 결국 시민군이 물러섬으로써 수습위원회의 조직 작업이 시작되었다. 위원장에 김창길이 천거되었다. 협상 대표단의 일원으로 계엄사에 다녀오는 등 활동이 누구보다 두드러졌기 때문이었다. 부위원장에는 조선대 학생 김종배가 맡았다. 장례 위원장도 겸한 그는 협상 보고대회 중 연단에 뛰어 올라가 인상적인 행동을 보였었다. 총무 정해민, 대변인 양원식, 무기 관리 담당 허규정, 보급 부장 구성주 외에 총기 회수반, 차량 통제반, 홍보반, 의료반 등을 조직하고 반장과 부반장을 선정했다. 조직 구성이 완료되었을 때는 11시가 다 되어 가고 있었다. 해방 광주의 실질적인 권력 기구가 이제 막 탄생했음을 머턴은 깨달았다.

머턴은 힘겹게 몸을 일으켰다. 성당이 마련해 준 방은 2층에 있었다. 방은 작았으나 혼자 있기에는 딱 좋았다. 2층으로 통하는 문을 막 나가려다 걸음을 멈추었다. 제단 근처에 누군가 있는 것 같았다. 아무 소리도 듣지 못했지만 느낌이 얇은 빛처럼 몸에 닿았다. 그는 조심스럽게 제단으로 다가갔다. 느낌은 틀리지 않았다. 피에타 상 앞에 사람의 형체가 있었다. 마리아의 품에 안겨 팔을 축 늘어뜨리고 있는 그리스도의 시신 앞에서 괴석처럼 웅크리고 있는 사람은 도예섭 신부였다. 그의 뒷모습은 누군가가 살짝 건드리기만 해도 넘어질 것 같은 위태로움과, 등짝을 후려친다 해도 움직이지 않을 것 같은 완강함을 동시에 품고 있었다. 머턴은 소리 없이 문 바깥으로 나갔다. 나가기 직전 그가 본 것은 뻥 뚫린 그리스도의 얇은 손바닥 위에 창백하게 놓여 있는 신부의 손이었다.

5월 23일 오전 9시

새벽빛이 어스레히 비치는 이른 아침, 남녀 중고생 7백여 명이 거리 청소를 시작했다. 시민들도 호응하여 시내의 거의 모든 거리가 깨끗해졌다. 시장 주변의 길가에는 아주머니들이 가마솥을 걸어 놓고 아침을 준비했다. 광주 외곽에서 밤새 경계 근무한 시민군을 위한 밥이었다. 그들은 아무 곳에나 주저앉아 맛있게 밥을 먹었다. 전투는 밤새 곳곳에서 벌어졌다. 조선대 뒷산 숙실부락과 송정리 삼양 타이어 공장, 녹동마을에서의 총격전은 특히 치열했다. 아침 8시에는 담양으로 나가려던 시민군이 광주교도소 앞길에서 저지당하면서 세 명이 숨지고 20여 명이 부상했다.

도시가 고립되자 생활필수품 부족 현상이 나타나기 시작했다.

쌀은 물론이고 라면, 담배 등도 품귀*였다. 배추 한 포기가 1천2백 원까지 치솟았다. 5월 18일 이전에는 1, 2백 원 하던 것들이었다. 생활의 불편이 피부에 닿고 있었다. 그런데도 동요는 별로 보이지 않았다. 매점 매석도 없었다. 가게들은 자기들끼리 약정해 쌀은 두 되 이상, 라면은 다섯 개 이상, 담배는 한 갑 이상 팔지 않았다. 주부들은 시민군과 학생들을 위해 동네별로 쌀을 모아 밥을 지었고, 식품점과 약국에서는 음료수, 빵 등을 무상으로 내놓았다. 시민들의 얼굴에는 어떤 고통에도 놀라지 않을 것 같은 묘한 평온이 서려 있었다.

창가에 선 박태민은 바깥을 물끄러미 내려다보았다. 햇살이 유난히 화사했다. 거리도 깨끗했다. 격렬했던 전쟁의 흔적을 찾기가 힘들었다. 전쟁이 할퀴고 간 폐허의 거리를 정화하는 작은 손들이 눈에 보이는 듯했다. 눈물이 핑 돌았다. 도청을 향해 진격하는 시민군 속에는 중학생 특공대도 있었다. 어린 학생들에게는 무기를 주지 않으려 했지만 눈물로 호소하는 그들을 뿌리치기가 어려웠을 것이다. 형의 원수를 갚겠다면서 총을 달라고 애원하는 초등학생도 있었다. 눈앞에서 벌어졌던 참극을 어린 영혼들은 어떻게 감당하고 있을까? 눈을 감았다. 어둠의 군단이 보였다. 핏빛 깃발을 앞세우고 산하를 유린하는 그들의 말발굽 소리는 날카롭고 음산

*품귀 : 물건을 구하기 어려움.

했다. 빛이 사라졌고, 새들은 달아났다. 해방 광주는, 이 유일한 빛의 나라는 어린 영혼들에게 무엇이 되어야 하는가? 칠흑 같은 어둠을 헤치고 나아가야 할 그들에게. 눈을 떴다. 화사한 햇살이 눈부셨다. 절해고도이기에 더욱 눈부신 해방 광주의 햇살이었다.

그동안 박태민은 도청의 움직임을 면밀히 주시했다. 그가 가장 관심을 기울인 것은 상황실이었다. 그곳이야말로 해방 광주를 존재케 한 무장 세력의 중심이었다. 그럼에도 불구하고 그것에 대한 인식이 결여되어 있었고, 정치적 힘의 원천인 조직화 속도가 더뎠다. 박남선의 활동이 두드러지긴 했으나 시민군 지도자로 단정하기에는 일렀다. 조직이 결여되어 있는 집단일수록 변화가 크게 마련이다. 조직화 과정에서 새로운 인물이 출현할 가능성은 얼마든지 있었다.

박남선과 대척점에 서 있는 이가 학생 수습위원장 김창길이었다. 어제 오후부터 시작된 무기 회수 작업은 학생 수습위원회가 조직되면서 빠르게 진행되고 있었다. 김창길은 시민 수습위원회의 전폭적인 지원 아래 총기 회수반을 적극 가동했다. 대학생이라는 휘장을 두른 총기 회수반은 물론이고 수습위원들이 도청 순찰차를 타고 직접 무기 회수에 나섰다. 어젯밤 조직된 학생 수습위원회가 위력을 발휘하고 있었다. 회수된 무기들이 도청에 쌓였다.

김창길의 출현은 뜻밖이었다. 운동가로서의 경력은 전무했다. 항쟁 참가자도 아니었다. 그의 몸속에는 피의 기억이 없었다. 참혹하면서도 아름다운, 고통스러우면서도 행복한 피의 기억을 그는 소유하고 있지 않았다. 항쟁의 숨결 속에 있었던 이들은 알 것이다. 삶과 죽음을 새의 양 날개처럼 너울거리게 했던 자유의 물결이 곧 피의 기억임을. 보지 않은 자는 느낄 수가 없었고, 느낄 수 없는 자는 가질 수도 없었다.

그러나 김창길은 진지하고 성실했다. 더 이상의 죽음은 없어야 한다는 그의 생각은 옳았다. 광주가 다시 피를 흘리지 않기 위해서는 굴욕을 느낄지라도 무기를 회수하여 계엄군에게 반납해야 한다는 그의 주장은 틀리지 않았다. 그는 진정으로 광주 시민을 걱정했고, 박태민은 그의 진정을 아프게 느끼고 있었다. 생명의 소중함은 어떤 명분으로도 거부해서는 안 되는 보편적인 진실이다. 이 진실을 위해 굴욕을 감수하려는 이가 김창길을 비롯한 수습위원회의 어른들이었다. 그럼에도 박태민은 그들과 싸워야 했다.

식물은 태양을 향해 나뭇잎을 내민다. 이 생명 운동은 흙 속에서도 이루어진다. 지상의 잎들이 태양을 향하듯 흙 속의 뿌리는 지하의 심연을 향한다. 무기 반납을 외치는 그룹의 운동이 잎의 운동이라면 새로운 항쟁을 준비하는 그룹의 운동은 뿌리의 운동이다. 두 그룹이 만난다는 것은 숙명적으로 불가능하다. 싸움은 필연이었다. 하지만 승자와 패자가 나누어지지 않는 싸움이었다. 모두가 승자이거나 아니면 패자다. 박태민은 알고 있었다. 모두 승자가 되는 길을.

오후 2시

버스 안으로 들어서자 피비린내가 확 풍겼다. 강선우는 어금니를 깨물었다. 시신들의 모습은 참혹했다. 내장이 쏟아져 나온 시신도 있었다. 사망자는 모두 열다섯 명이었다. 세 명은 젊은 여자였는데, 스무 살도 채 안 되어 보였다. 생존자가 세 명 있었다. 나이 어린 여자는 상처가 경미했지만 청년 두 명은 중상이었다. 한 청년은 눈의 출혈이 심했고, 다른 청년은 허리에서부터 무릎까지 피투성이였다. 대원들은 그들을 버스에서 끌어내렸다.

도청에서 철수하여 숙영지인 조선대에 도착하자마자 긴급 퇴각 명령이 떨어졌다. 최소한의 장비만 갖추고 조선대 뒷산을 넘었다. 오후 7시쯤이었다. 실탄은 60발 지급받았다. 날은 곧 어두워졌다. 어디로 가는지도 모르고 앞사람만 쫓아갔다. 골짜기는 갈수록 깊어졌다. 밤새 걸어 도착한 곳이 광주 남쪽 외곽의 산악 지대였다. 가파른 봉우리로 에워싸인 산 중턱에 임시 여단 본부가 있었다. 헬기 두 대가 이착륙을 거듭하며 장비와 물자를 쉴 새 없이 내려놓았다. 산 아래에는 30호 정도의 작은 마을이 있었다. 광주에서 화순으로 가는 길목인 주남마을이었다. 마을 앞 도로는 시 외곽 7개 주요 차단 지점 중의 하나였다.

5월 21일 저녁 8시 30분경 여단 본부는 육군 본부로부터 자위권 발동을 정식으로 통고받았다. 육본의 공식 발포 명령은 도청에서의 발포에 대한 사후 조치인 동시에 광주 봉쇄 작전을 뒷받침하

126

는 조치이기도 했다. 즉 '폭도의 봉쇄선 이탈 절대 불허'라는 자위권 발동의 지침은 사살을 하더라도 봉쇄선 이탈을 막으라는 명령이었다. 병사들은 수류탄, 가스탄 등과 함께 실탄 580발을 지급받았다. 그런데 조금 전 어이없게도 미니버스 한 대가 나타났다. 무장 시위대 진지가 이곳과 멀지 않은 곳에 있었다. 그들이 왜 버스를 통과시켰는지 알 수가 없었다.

정지 신호에 버스가 멈칫하더니 곧 속력을 냈다. 매복 부대원들의 사격이 시작되었다. 급정거한 버스는 되돌아가려는 듯 후진을 하면서 방향을 틀었다. 여기서 사격을 멈췄어야 했다. 봉쇄선 이탈을 막았기 때문이다. 하지만 사격은 계속되었고, 버스는 방향을 잡기도 전에 덜컹 멎었다. 몇 초나 지났을까? 버스에서 대응 사격을 시작했다. 그것은 부대원들의 집중 사격을 초래했다. 작은 버스가 벌집이 되고 있었다. 차창에서 손을 흔드는 모습이 보였다. 투항 의사가 분명했건만 대위의 사격 정지 명령은 없었다.

"강 하사!"

대위가 부르는 소리에 강선우는 몸을 돌렸다.

"자네가 폭도 두 놈을 책임지고 본부로 이송해."

그의 얼굴이 잔뜩 찌푸려져 있었다. 아마 사살된 이들의 시신을 보고 온 모양이었다.

"알았습니다."

강선우는 차려 자세로 대답했다. 부상이 심한 청년을 들것에 실

었다. 병원 이송이 시급했다. 본부에 자세한 보고가 들어갔으니 적절한 조치가 내려지겠지만 그들의 호주머니에서 나온 30여 발의 카빈 실탄이 마음에 걸렸다.

"학생인가?"

강선우의 물음에 눈을 다친 청년이 전남대생이라고 말했다. 들것에 실린 청년은 농사를 짓는다고 했다. 온몸에 총탄을 맞았음에도 정신은 분명했다.

포로들을 묵묵히 내려다보고 있던 유근수 소령이 고개를 들었다. 검게 탄 그의 얼굴에는 표정이 없었다.

"저자들을 왜 여기까지 데리고 왔나?"

소령은 턱짓으로 그들을 가리키며 강선우에게 물었다.

"박 대위님의 명령이었습니다."

"쓸데없는 고생을 했군."

"무슨 말씀인지······."

"이제부터는 자네가 알아서 처리해."

"헬기 후송이 필요하지 않겠습니까?"

"무엇 때문에?"

"빠른 치료가······."

"아, 치료가 필요하겠지. 하지만 한 놈은 치료를 해도 힘들 것 같고, 또 한 놈은 살긴 하겠지만 애꾸눈이 될 것 같군. 근데 자네

눈에는 저자들이 어떻게 보이나?"

"폭도로 보입니다."

"자넨 폭도들을 대단히 인간적으로 대한 모양이군."

"아닙니다."

"그럼 뭐야, 이 새끼야!"

소령의 목소리가 날카롭게 튀어 올랐다.

"판단은 내가 해. 지금 즉시 시행하도록."

골짜기 위쪽에서 프로펠러 소리가 났다. 헬기가 뜨는 모양이었다. 병사들의 외침이 헬기 소리에 뒤섞여 메아리처럼 멀어지고 있었다.

숲 속은 고요했다. 봄의 햇살은 투명했고, 풀들은 소리 없이 흔들렸다. 강선우는 M16 자물쇠를 풀었다. 어디선가 짐승의 울음소리가 들렸다. 외부에서 들려오는 것인지 환청인지 알 수가 없었다. 먼 곳에서 아득히 들려오는 그 소리는 들판을 가로지르는 바람 소리와 흡사했다. 눈을 다친 청년의 머리에 세 발 쏘았다. 청년은 비명도 없이 쓰러졌다. 꿈틀거리지도 않았다. 총구를 들것에 누워 있는 청년에게로 돌렸다. 운신이 부자연스러운 그는 눈을 크게 뜬 채 떨고 있었다. 검은 눈동자가 또렷이 보였다. 방아쇠를 당겼다. 세 번째 총탄이 청년의 머리에 박힐 때는 아무런 소리가 들리지 않았다.

오후 3시

제1차 민주수호 시민궐기대회가 시작되고 있는 도청 광장에는 수많은 시민들이 모여 있었다. 어제의 궐기대회가 자연 발생적이었다면 오늘의 대회는 조직적이었다. 박태민이 조직에 의한 궐기대회 개최를 결심한 것은 어젯밤이었다. 도청 지도부의 유화주의자들과 어떻게 싸울 것인가를 골몰하다가 이끌어 낸 결론이었다.

시민 수습위원회의 권위를 결정적으로 무너뜨린 것은 시민의 힘이었다. 그것은 수습위원 다섯 명의 사퇴를 불러왔을 뿐 아니라, 오늘 아침 전남대와 조선대 학생 각각 열 명을 포함시켜 수습위원을 서른 명으로 확대 개편하도록 만들었다. 새로이 조직된 시민 수습대책위원회 위원장에 윤공희 대주교가 추대되었다.

이러한 시민의 힘을 조직화하여 도청 지도부를 압박하는 전술이 민주수호 시민궐기대회였다. 그룹 리더들은 박태민의 생각을 전폭 지지했다. 궐기대회 준비는 전남대 출신의 민중문화패 극단 광대가 맡았다. 여기에 광주 최초의 노동자 학교이자 투사회보의 주축 그룹인 들불야학, 여성 사회 운동의 산실인 YWCA, 정치범 수감자를 위한 여성 단체 송백회가 적극 참여했다.

대자보와 현수막, 문안 작성, 대회 과정 등 수많은 준비 사안들이 믿기 어려울 정도로 빠르게 진행되었다. 평상시라면 며칠이 소요되는 일이었다. 투사회보 5호로 명명한 홍보 전단 3만여 장이 밤새워 만들어졌다. 가두 홍보 팀은 아침 일찍부터 시내 전역을

누비며 대회 참여를 호소했다.

한편 학생 수습위원회는 무기 반납을 둘러싸고 오전부터 진통을 겪고 있었다. 비극적인 충돌을 막기 위해서는 무기를 서둘러 계엄사에 반납해야 한다는 김창길 파와, 광주 시민이 납득할 수 있는 최소한의 요구 조건이 관철된 후 반납해야 한다는 김종배 파와의 대립이 격화되자 회수 무기 중 일부를 가져가 계엄군의 반응을 살펴본 뒤 결정하자는 타협안이 나왔다. 이에 따라 무기 2백여 정을 갖고 계엄사로 떠난 김창길 일행은 오후 1시경 연행자 서른네 명과 함께 도청 광장에 도착, 시민들로부터 큰 박수를 받았다. 이것을 계기로 수습위의 분위기가 무기 반납 쪽으로 쏠리게 됨으로써 시민군은 전의를 급격히 상실했다. 고립감과 함께 계엄군의 재진입에 대한 두려움으로 무기를 반납하는 시민군이 늘고 있었다.

오후 3시, 극단 광대의 단원 김태종의 사회로 궐기대회가 시작되었다. 희생자에 대한 묵념과 함께 「애국가」가 울려 퍼지자 주위가 숙연해졌다. 울음소리도 흘러나왔다. 빈민 운동가 김영철과 기독교 농민회의 윤기현의 연설에 이어 시민들이 자발적으로 연단에 나와 자신들의 주장을 펼쳤다. 마이크를 잡은 채 엉엉 울다가 실신해 버린 아주머니도 있었다. 시민들은 연사들의 발언에 열렬히 반응했다. 특히 '민주주의는 그냥 주어지는 것이 아니라 피로써 쟁취하는 것'이라는 말이 나왔을 때 큰 함성과 함께 뜨거운 박수가 터져 나왔다.

시민들이 두려워하는 말 중의 하나가 혁명이었다. 분단의 상황에서 혁명은 마르크시즘을 연상시켰다. 신군부가 시민군을 폭도 혹은 불순분자로 규정한 것은 이 연상 작용을 겨냥한 것이었다. 계엄사의 선전 용어 중 시민이 가장 노여워한 것은 폭도와 불순분자라는 말이었다. 폭도는 계엄군이었다. 그들은 계엄군의 가공할 만한 폭력으로부터 자신과 가족, 이웃을 지키기 위해 싸웠을 뿐이었다. 그럼에도 불구하고 해방 광주는 분명 혁명의 나라였다. 왜냐하면 계엄군은 적국의 군대였기 때문이었다. 그들의 만행은 조국의 군인이 저지른 짓이라고 생각하기에는 너무 참혹했다. 한국 전쟁 때 공산군도 이렇게는 하지 않았다는 노인들의 절규는 계엄군을 같은 민족으로조차 볼 수 없게 만들었다.

분노로부터 시작된 항쟁이 계엄군을 적국의 군대로 만듦으로써 광주 공동체는 거룩한 국가가 되었고, 그것의 완성이 해방 광주였다. 그러나 국내 언론을 장악하고 있는 계엄사는 해방 광주의 혁명군을 무직자, 전과자, 구두닦이, 넝마주이, 날품팔이, 노동자 등 현실 불만 세력들이 불순분자의 사주에 의해 국가 질서를 뒤엎은 폭도로 선전했다. 그것은 광주 바깥에서 언론을 통해 광주를 들여다보는 다수의 국민들과 해방 광주를 분열시키기 위한 목적으로 한 것이었다.

분열은 해방 광주 안에서도 시작되고 있었다. 삶과 죽음이 분열되었고, 너와 내가 분열되었다. 그것은 빛처럼 빨리 왔다. 하나의 분열이 수많은 분열의 스펙트럼을 만들어 냄으로써 해방 광주는 분열의 혼돈 속으로 빠져 들어갔다. 이 혼돈의 중심에 혁명이란 두 글자가 있었다. 해방 광주는 분명 혁명의 결과였다. 혁명이라는 아름다운 꽃에서 피어오르는 짙은 피 냄새는 그들을 전율시켰다. 혁명은 숨겨야 할 꽃이었다. 그 숨김의 자리가 바로 민주주의였다. 5월 16일 광주의 밤을 아름답게 수놓았던 대학생들의 횃불 시위는 다름 아닌 민주화 성회였다. 민주주의는 광주의 무장 봉기에서 피어오르는 혁명의 피 냄새를 차단시키는 희망의 언어였다. 대학생 책임론이 비무장 시민들에게 열렬히 환영받은 이유가 여기에 있었다.

5월 24일 오후 1시

봄의 신록은 싱그러웠다. 공기는 청명했고, 바람은 따뜻했다. 엷은 우윳빛 햇살에 잠긴 산하는 고요히 숨 쉬고 있었다. 그것은 평온한 고요였다. 이 고요를 깨뜨리는 소리가 있었다. 날카롭고 메마르며, 차갑고 딱딱한 그 소리는 거대한 괴물이 울부짖듯 산하를 뒤흔들었다. 놀란 새들이 하늘로 치솟아 오르고, 식물의 가지와 잎들은 파르르 떨었다.

소리의 진원지는 11공수 여단의 차량 행렬이었다. 장갑차를 선두로 지휘관이 탄 지프 다섯 대와 쉰네 대의 군용 트럭이 거대한 뱀처럼 꿈틀거리며 이동하고 있었다. 오늘 새벽, 광주와 화순 간

도로 봉쇄 작전 임무를 보병 제20사단에 인계하고 송정리비행장으로 이동하라는 명령이 떨어졌다. 날이 밝자 헬기들이 특수 화기와 탄약 상자, 통신 기기 등 부피가 크고 무거운 장비들을 실어 날랐다. 12시 30분경, 1천여 명의 병사들이 마을 앞 도로를 새까맣게 덮었고, 30여 분 후 차량 탑승을 완료했다.

강선우는 엄청난 흙먼지 속에서 뿌옇게 흐려져 가는 하늘을 보았다. 붉게 충혈된 그의 눈은 공허했다. 트럭은 심하게 흔들렸다. 다리를 벌리고 힘을 주지 않으면 몸을 지탱할 수가 없었다. 그는 생각했다. 몸이 왜 이렇게 나무토막처럼 뻣뻣할까? 물론 그것은 느낌일 뿐이었다. 멀쩡히 살아 있는 몸이 나무토막처럼 뻣뻣할 리가 없었다. 그런데도 이 느낌에서 벗어나기가 힘들었다. 팔과 다리 부분이 특히 심했다. 툭 부러진다고 해도 조금도 이상할 것 같지 않았다.

증세가 처음 나타난 것은 광주 진압 작전 명령이 떨어진 어제 오후였다. 부상 포로들을 사살한 지 한 시간도 채 못 된 시각이었다. 작전은 저녁 8시에 시작되며, 개인당 실탄 560발과 수류탄 한 발이 지급된다고 했다. 지역대별로 담당 구역이 정해졌다. 그의 지역대가 점령해야 할 구역은 충장로 사거리였다. 그곳 지리에 밝은 병사로부터 상세한 설명을 들었다.

광주 재탈환 명령에 병사들은 들떠 있었다. 시위대에 둘러싸여 생명의 위협과 굶주림에 허덕이다가 긴급 철수 명령으로 새로운 숙영지에 도착했을 때는 어느 정도 기대감에 차 있었다. 하지만 이곳 상황도 광주 시내보다 나은 것이 별반 없었다. 굶지는 않았지만 취사 시설이 부족해 제대로 된 밥을 먹기가 힘들었다. 물이 없어 세수는커녕 손조차 제대로 씻지 못했고, 과중한 경계 임무로 늘 잠이 모자랐다. 생명의 위협은 줄어들었으나 누적되는 피로와 수면 부족, 그에 따르는 스트레스는 한계 상황에 도달해 있었다.

고통은 분노를 불러일으켰다. 분노의 대상은 광주였다. 광주 재탈환 명령에 병사들이 기뻐하는 것은 당연했다. 총기를 손질하는 병사들의 동작은 활기찼다. 눈에 보이는 대로 쏘아 죽이겠다는 말이 거침없이 나왔다. 전우의 원수를 갚아야 한다는 비장한 말에 분위기가 숙연해지기까지 했다.

첫 증세는 이때 나타났다. 몸이 떨리면서 땀이 났다. 손도 굳어지고 있었다. 다행스럽게도 주위의 병사들은 눈치 채지 못했다. 증세가 심하지 않았고 오래 지속되지도 않았기 때문이다. 그것이 다시 나타난 것은 재교육장에서였다. 마을 근처 공터였는데, 대대 단위로 탱크 한 대씩 지원받았다. 병사들은 탱크의 뒤를 따랐다. 절대로 물러서지 말라는 장교들의 외침이 반복되었다. 가슴속에서 무엇인가가 부풀어 오르면서 숨 쉬기가 힘들었다. 공기가 희박한 곳으로 들어온 것 같았다. 총을 쥔 손바닥에 땀이 배었고, 머리가 죄이듯 아팠다. 처음과는 달리 증세는 좀처럼 사라지지 않았다. 그것이 사라진 것은 작전이 돌연 취소된 저녁 6시 이후였다. 병사들이 허탈해하는 가운데 증세는 빠르게 사라지고 있었다.

철수 명령이 떨어진 것은 아침 식사 직후였다. 산속 비트* 속에 숨겨 놓은 배낭과 장비를 다 가지고 간다고 했다. 시위대의 기습에 대비하여 실탄을 장전했다. 송정리비행장까지는 30여 킬로미터였다. 시내를 통과하면 훨씬 단축되지만 우회 도로로 갈 수밖에 없었다. 선두 차량이 소태동 삼거리에 이르렀을 때 사격 명령이 떨어졌다. 표적은 폭도들이 바리케이드를 치고 있던 콘크리트 교량 주변이었다. 하지만 그곳에는 아무도 없었다. 미리 대피한 것이 분명했다. 그런데도 사격은 좀처럼 멈추지 않았다. 교량 주변은 물론이고 인근 주택가로도 총알이 날아들었다.

총성은 차량이 마을을 완전히 벗어난 후에야 멎었다. 사격의 쾌감에 젖은 병사들은 총구를 쉽게 내리지 못했다. 차가 들판을 지나 야산 골짜기로 진입하자 짐승 사냥이 시작되었다. 산기슭에 드문드문 집들이 있어 가축들이 더러 보였다. 밭둑에서 어슬렁거리고 있는 염소들과 축사 안의 소들이 풀썩풀썩 쓰러졌다.

어제와 흡사한 증세가 나타난 것은 총소리가 시작되면서부터였다. 공기에 굶주린 듯한 느낌과 함께 사지가 뻣뻣해지고 있었다. 입을 꽉 다물지 않으면 신음 소리가 새어 나왔다. 짐승의 울음 소리가 들렸다. 먼 곳에서 아득히 들려오는 그 소리는 언젠가 들

*비트: '비밀 아지트'의 줄인 말.

은 듯한 느낌을 불러일으켰다. 그랬다. 분명 낯익은 소리였다. 아,
그곳에는 무엇이 있었는데……. 그래, 햇살이 있었지. 하얀 물처
럼 투명한 햇살이. 그 햇살 속에서 나는 M16 자물쇠를 풀었어. 살
인 명령을 집행하기 위해. 그때 짐승의 울음소리가 들려왔지. 그
소린 들판을 할퀴는 바람 소리와 흡사했어. 눈을 다친 청년은 비
명도 없이 쓰러졌지. 꿈틀거리지도 않았어. 들것에 누워 있는 청
년의 검은 눈은 새의 눈 같았어. 떨림과 슬픔으로 가득 찬. 그때
난 기이한 체험을 했어. 총탄이 머리에 박힐 때의 둔탁한 소리와
함께 경련이 내 몸 안에서 일어나고 있었거든. 나는 청년의 몸이
되어 총탄이 박히는 순간의 감각을 느끼고 있었던 거야. 그때 그
림자처럼 희미하게 떠오르는 얼굴이 있었어. 핏물 질펀한 땅 위에
나무처럼 서 있던 그 사내였지. 칼이 뺨을 긋고 있음에도 그의 시
선은 먼 곳에 있었어. 그 사내는 무엇을 보고 있었을까?

천지가 진동하는 폭발음과 함께 트럭이 격렬하게 흔들렸다. 눈
을 번쩍 떴다. 선두의 장갑차가 불길에 싸여 있었다. 고막을 찢는
듯한 폭발음이 다시 들렸다. 앞서 가던 트럭에서 화염이 피어올
랐다.

"로켓포다!"

한 병사가 비명과 같은 소리를 지르며 벌떡 일어섰다. 다급한
외침이 연이어 터져 나왔다. 트럭에서 뛰어내리는 순간 강선우는
폭발음과 함께 등에 둔탁한 충격을 느꼈다. 그는 거센 바람에 휩쓸

리듯 아스팔트 위로 굴러 떨어졌다. 오른쪽 팔꿈치에서 예리한 통증을 느꼈다. 왼쪽 겨드랑이도 아팠다. 가까스로 일어났다. 다리가 멀쩡했다. 크게 다친 것 같지 않았다. 앞으로 걸어갔다. 수류탄이 터졌고, 총탄이 날아왔다. 조금도 개의치 않았다. 도로변에 산개한 병사들은 보이지 않는 적을 향해 난사하고 있었다. 시체들이 여기저기 뒹굴었다. 몸이 두 동강 난 시체도 있었고, 머리가 통째로 날아가 버린 시체도 있었다. 부상당한 병사들은 짐승처럼 울부짖었다. 로켓탄에 파괴된 차량은 선두 트럭과 세 번째 트럭, 다섯 번째 트럭, 일곱 번째 트럭 순이었다. 정확한 사격이었다. 그가 걸음을 멈춘 곳은 선두 트럭 앞에서였다. 직격탄을 맞은 트럭은 화염 속에 있었다. 주위를 살폈다. 피비린내가 코를 찔렀다.

유근수 소령은 트럭에서 조금 떨어진 곳에 있었다. 팔 하나가 보이지 않았고, 머리와 복부는 피투성이였다. 강선우는 무릎을 꿇고 소령을 내려다보았다. 그는 숨을 몰아쉬며 살려 달라고 말했다. 벗겨진 철모는 피로 가득했다.

강선우는 총구를 천천히 내렸다. 총구가 닿은 곳은 소령의 머리였다. 소령은 눈을 크게 떴다. 피와 눈물에 짓무른 그의 눈은 공포와 의혹에 싸여 있었다. 강선우는 알고 있었다. 그와 소령을 잇는 유일한 끈이 죽음임을. 이 끈을 자르는 것은 그의 몫이었다. 이 혹독한 진실 앞에서 숨을 곳은 어디에도 없었다. 그가 원한 것은 해방이었다. 모든 죽음, 그 죽음의 기억으로부터의 해방이었고, 그

첫걸음이 소령의 죽음이었다. 방아쇠를 당겼다. 소령의 몸이 튕겨 올랐다. 세 번째 방아쇠를 당겼을 때 햇빛이 서리처럼 눈꺼풀을 덮고 있었다.

오후 6시

비는 쉼 없이 내렸다. 바람이 버드나무 잎들을 훑고 지나갈 때 빗방울이 후드득 떨어졌다. 바람 속에서 미지근한 물 냄새가 났다.

건물 처마 밑에 우두커니 선 김선욱은 텅 빈 도청 광장을 보고 있었다. 움푹 파인 그의 눈은 초점이 없었다. 오후 5시경 계엄군이 시내로 진입한다는 소문에 궐기 대회장은 한동안 술렁거렸다. 당황과 공포에 휩싸인 그들의 얼굴을 보는 것은 고통이었다. 하마터면 눈물을 쏟을 뻔했다.

아침 8시 KBS 라디오는 총기 소지자에 대해 오늘 오전까지 광주 시내는 국군 통합 병원, 다른 지역은 경찰서와 지서에 무기를 반납하면 일절 책임을 묻지 않겠다는 내용의 방송을 반복했다. 이 방송은 시민들에게 계엄군의 진압 작전이 임박한 것이 아닌가 하는 불안을 심어 주기에 충분했다. 그럼에도 불구하고 거리는 환했다. 그동안 문을 굳게 닫고 있었던 가게들은 대부분 문을 열었고, 사람들의 얼굴은 희망으로 빛났다. 식당들이 몰려 있는 충장로 뒷골목은 그전의 흥청대는 분위기가 되살아나는 듯했다. 어제 오후부터 나돌기 시작한 미국의 광주 구출설 때문이었다.

미국 항공모함 미드웨이 호가 전남 해안으로 들어오고 있을 뿐 아니라 다른 항모들도 한국 근해로 항진해 오고 있다는 대자보가 시내 곳곳에 붙어 있었다. 미국의 항모 출동은 신군부의 살육 만행을 저지하기 위함이라는 것이 대자보의 골자였다.

많은 시민들은 미국을 일본 제국주의를 패배시킨 해방군으로, 한국 전쟁이 일어나자 공산화를 막아 준 은혜의 나라로 인식하고 있었다. 더욱이 인권을 중시하여 박정희 유신 체제를 적극적으로 비판해 왔던 카터 미국 대통령이 신군부의 야만적 살육 행위를 결코 방관하지 않을 것이라는 기대가 가세했다.

그것에 대해 박태민은 입을 다물었다. 표정도 밝지 않았다. 김선욱은 시민들이 거짓 희망에 사로잡혀 있음을 박태민의 표정을 보고 알았다. 거짓 희망을 깨뜨리지 않는 이유도 짐작할 수 있었다. 물론 모든 시민이 거짓 희망에 사로잡힌 것은 아니었다. 미국의 광주 구출설에 냉소하는 이들도 꽤 있었다. 하지만 그들조차 혹시나 하는 기대감을 마음 한구석에 품고 있는 것 같았다.

상황은 날로 악화되고 있었다. 지역 방위대의 식사와 물품들은 지역 주민들이 자발적으로 맡아 왔었다. 하지만 어제부터 도청에서 식사 보급을 해야 했다. 주민들이 공동체 생활에서 속속 이탈하고 있었기 때문이었다.

종교 단체들과 동네 단위로 모은 성금이 도청으로 계속 들어오고 있었다. 식량과 반찬거리도 꾸준히 들어왔다. 도청 안에 있는 시민군과 지도부 3, 4백 명의 식사는 자원 봉사자들이 맡았다. 하지만 지역 방위대의 식사 보급 체제까지 갖추기에는 도청 상황실의 조직이 너무 취약했다. 제때에 밥을 먹지 못하는 시민군이 속출했다. 수습위원회의 총기 회수반은 이 취약점을 파고들었다. 배고픈 시민군들에게 빵과 음료수를 제공하면서 무기 회수를 설득했다. 필요하면 무릎도 꿇었고, 큰절도 했다. 그들에게는 총 한 정의 회수가 광주 시민 한 명의 생명을 구하는 것이었다.

해방 광주를 위해 목숨을 포기한 시민군들도 그들의 정성에 고개를 떨구었다. 특히 연로한 수습위원들이 눈물을 글썽이며 애원할 때 거절할 방도가 없었다. 무기 반납은 너무나 억울하지만 광주 시민의 생명을 살리기 위해서는 불가피한 선택이라는 그들의 주장은 큰 설득력을 얻고 있었다.

무장 해제가 총기 회수반에 의해서만 이루어지는 것은 아니었다. 가족 생각을 떨치지 못해 총을 놓는 이들이 있는가 하면, 찾아온 가족들에게 끌려 나가는 이들도 있었다. 가족은 광주 공동체에 위협적인 권력체였다. 총을 가장 굳게 잡고 있는 이들은 돌아가고 싶은 집이 없거나 자신의 안위를 걱정해 주는 가족이 없는 이들이었다. 시민군 조직은 급속히 와해되고 있었다.

빗줄기가 가늘어지면서 안개비로 변하고 있었다. 어디선가 도랑물 흐르는 소리가 들렸다. 김선욱은 귀를 세웠다. 그것은 울음소리처럼 처연했다. 인적이 끊어진 금남로는 뿌연 안개비에 싸여 있었다. 손수레에 죽은 아들을 싣고 금남로를 울며 떠돌던 노인의 모습이 떠올랐다. 노인의 옷과 수염은 눈처럼 희었다. 그 늙은 아버지는 아들을 어디에 묻었을까? 찔레꽃 하얗게 피어 있는 양지바른 언덕에 묻었을까?

고향 언덕에는 찔레꽃이 많이 피었다. 9월이면 빨갛게 익는 열매를 따 먹었다. 어머니를 땅에 묻고 고향을 떠난 이후 찔레꽃을 보지 못했다. 어머니의 나무 관에 꽂힌 찔레꽃 한 송이가 마지막이었다. 아버지가 꺾어 꽂은 것이었다. 갓 꺾은 찔레꽃은 싱싱했다.

도시는 고향과 달랐다. 그곳은 죄와 거짓, 상처와 증오가 넘쳐흘렀다. 도시가 강요하는 노동은 죄이자 거짓이었고, 상처이자 증오였다. 어두운 밤, 눈물과 구토 속에서 몸을 웅크리고 있으면 찔레꽃 한 송이가 떠올랐다. 그는 알고 있었다. 한 송이 새하얀 찔레꽃은 그의 손이 닿는 세계가 아님을. 그것은 넋의 세계였다. 어머니의 넋은 찔레꽃이 되어 그렇게 나타났다. 어두운 밤, 푸르스름한 밤, 고통과 무서움이 눈물과 뒤섞여 버리는 밤에.

밤 11시

비 내리는 도시는 쓸쓸했다. 도시 전체가 텅 빈 듯했다. 간헐적으로 들려오는 총소리도 빗소리에 곧 묻혔다. 도청 앞 상무관에서 새어 나오는 죽음의 냄새는 안개와 뒤섞여 가로등의 흐린 불빛을 헤치며 빗물에 잠긴 거리를 떠돌았다. 죽음에 휩쓸렸던 거리는 그렇게 젖고 있었다. 어둠 속에서 좀처럼 잠을 이루지 못하는 이들은 도시의 신음을 듣기라도 하듯 빗소리에 귀를 기울였다. 그들이 보았던 죽음들이 거리를 떠도는 안개처럼 그들의 머릿속을 떠돌고 있었다. 무겁고 축축한 밤이었다. 이 습기 찬 밤에 해방 광주는 의미심장한 변화를 맞고 있었다.

해방 광주의 중심적 권력체는 학생 수습위원회와 시민군이었다. 전자가 정치 조직이라면, 후자는 군사 조직이었다. 권력을 추구하는 정치 조직은 군사 조직을 견인한다. 하지만 해방 광주의 정치 조직은 군사 조직을 해체시키고 있었다. 군사 조직의 해체는 곧 해방 광주의 해체였다.

해방 광주는 광주 시민이 세운 또 하나의 나라였다. 그것은 꿈의 나라이자 반역의 나라였다. 꿈과 반역은 분리될 수 없는 것이었다. 학생 수습위가 추구한 것은 꿈과 반역의 소멸이었고, 소멸의 대가는 생명의 안전이었다. 생명의 소중함은 누구에 의해서도 부인될 수 없는 보편적 가치였다. 이 보편적 가치 앞에서 무장의 논리는 무력했다. 해방 광주는 무너질 수밖에 없었다. 무너지는 꿈 앞에서 시민군 지도부는 속수무책이었다.

시민군은 조직으로 이루어진 집단이 아니었다. 그들은 한결같이 스스로 전사가 된 이들이었다. 계엄군과 목숨을 건 싸움에서 어떤 강제도, 어떤 사회적 계약도 개입되지 않았다. 해방 광주는 철저한 자유 의지의 산물이었다. 자유 의지야말로 대한민국 최정

예 부대인 특전사 3개 여단을 물리쳤던 힘의 원천이었다. 전선을 이탈하는 전사들에게 시민군 지도부가 권위를 행사할 수 없었던 이유가 여기에 있었다.

위기의식 속에서 시민군 지도부가 계획한 것은 두 가지였다. 시민군 명단 작성과 예비군 동원이 그것이었다. 해방 광주의 시민군은 전사들의 명단조차 없는 희귀한 조직체였다. 전사의 유일한 표징은 총이었다. 총을 가진 자는 전사였고, 총이 없는 자는 전사가 아니었다. 전사에서 비전사로 되는 길은 동작 하나면 충분했다.

시민군의 비조직성은 계엄군과 경찰, 보안사의 정보 요원과 공작 요원의 침투를 용이하게 했다. 서로 얼굴을 모르는 데다가 신원을 확인할 수 있는 방법이 없어 첩자를 색출한다는 것은 불가능했다. 시민군은 도청 안에서조차 경계의 대상이었다. 항쟁파 리더들은 경호원들의 보호를 받았다. 잠잘 때도 총기를 휴대했다. 신변의 위협은 비항쟁파에게도 예외가 아니었다.

무장 해제 조치에 분노를 느끼고 있는 일부 청년들이 비항쟁파 수습위원들에게 총을 들이대곤 했다. 어떤 수습위원은 협박 전화 때문에 집에 들어가지 못하고 여관에서 잠을 잤다. 가족들도 거처를 옮겼다. 회의 석상에서 반대파에게 권총을 들이대는 광경이 심심찮게 벌어졌다. 공포를 쏘는 이도 있었다. 도청은 내란 상태였다.

시민군 지도부가 명단 작성을 계획한 것은 비조직성이 야기하는 혼란을 뼈저리게 느끼고 있었기 때문이었다. 하지만 그 계획은 실행되지 않았다. 시민군 명단이란 곧 반란군 명단이었다. 훗날 당사자들에게 큰 화를 미칠지도 모르는 물적 증거를 차마 만들 수 없었다.

예비군 동원령은 시민군 지도부에게 가장 매혹적인 꿈이었다. 도청을 점령할 수 있었던 것은 군사 지식을 갖춘 예비군이 대거 시민군에 가담했기 때문이었다. 계엄군의 집단 발포로 시작된 시민들의 무장은 예비군들의 적극적인 참여가 없었다면 불가능했다. 무기 탈취를 주도했던 그들은 군 경험이 없는 무장 시민들에게 기초적인 군사 기술을 가르쳤다. 지역 방위대 지휘자들도 예비군들이 주축이었다. 하지만 그들의 참여는 개인적으로 이루어졌을 뿐 조직적인 차원이 아니었다.

예비군은 국가 군사 조직이다. 해방 광주가 예비군 동원령을 내리기 위해서는 국가의 권위를 갖추어야 했다. 그러나 다수의 시민들은 해방 광주가 반란 국가가 되는 것을 두려워하고 있었다. 예비군 동원령은 실현이 불가능한 꿈일 뿐이었다.

지역 방위대는 5월 24일 오후에 이르러 거의 해체되었다. 화순으로 통하는 학운동 다리와 화정동 공단 사거리의 지역 방위대가 총을 놓지 않았으나 그들의 해체도 시간문제였다. 시민군의 명맥은 도청 경비대와 기동 순찰대에 의해 유지되고 있었다. 하지만 그곳에서도 이탈자가 속출했다. 무장 해제를 당한 지역 방위대 일부는 귀가하지 않고 도청으로 들어왔다. 광주 공동체의 꿈을 잊지 못하는 그들은 시신 관리 등 도청 일을 도우면서 다시 무장할 때를 기다렸다.

상황이 이러함에도 불구하고 시민군 지도부가 할 수 있는 일은 아무것도 없었다. 무장 시민군을 이끌고 있는 상황 실장 박남선은 길을 잃고 있었다.

5월 22일 아침 도청 진입 후 박남선이 몰두한 것은 시민군 지휘 체계 확립이었다. 하지만 그는 승리의 첫날 밤 해방의 축제가 왜 그렇게 빨리 끝났는지 모르고 있었다. 따라서 해방 광주가 이룩된 순간 무너짐이 시작되었음을 알 길이 없었다. 해방 첫날 오전에 출현한 수습위원회의 의미를 해독할 수 없었던 것은 당연했다. 그날 밤 학생 수습위원회가 구성되었을 때도 마찬가지였다. 다만 총을 회수하여 계엄사에 바치려 하는 그들에 대한 분노와, 싸움을 시작해 놓고 생명의 위협을 느끼자 슬며시 빠져나간 학생들에 대한 경멸의 감정이 강화되었을 뿐이었다.

시민군과 수습위를 성격이 다른 별개의 조직이라고 생각했던 박남선은 수습위를 애써 외면함으로써 분노와 경멸을 다스려 나갔다. 틀린 생각은 아니었다. 하지만 정치 조직인 수습위가 군사 조직인 시민군을 해체할 수 있는 힘을 갖고 있음에 대해서는 간과했다. 그 힘에 의해 시민군이 궤멸 상태에 이르렀는데도 그가 할 수 있는 일은 아무것도 없었다. 무력을 동원하여 수습위를 치고 싶은 마음이 간절했다. 하지만 그것은 불가능한 일이었다.

비통하게도 해방 광주의 시민들은 무장군을 불신하고 두려워했다. 중산층들의 깊은 계급적 불신과 무장이 초래할지도 모를 피의 재앙에 대한 두려움이었다. 이런 상황에서 도청의 정치 조직을 무력으로 몰아낼 경우 그 후의 사태를 감당할 수 있는 힘이 시민군에게는 없었다.

박태민이 나타난 것은 이때였다. 그는 박남선에게 전선을 이탈했던 청년 운동권 지도부의 행위를 마음에서 우러나는 말로 사과했다. 상대의 진심을 느낀 박남선은 사과를 기꺼이 받아들였다. 해방 광주를 계기로 청년 운동권 지도부가 어느 정도 복원되었다고 밝힌 박태민은 그에게 놀라운 제안을 했다. 무력으로 도청 수습위를 몰아낸 후 항쟁 지도부를 세우자는 것이었다. 이를 위해 무장 대학생을 조직하고 있으며, 필요시 도청에 진입시킬 준비가 되어 있다고 했다. 박남선은 즉각 동의했다. 그가 갈망했던 일이었으니 숙고해야 할 이유가 없었다.

시민군의 최대 약점은 이념과 계급의 열세였다. 반면에, 대학생은 이념과 계급에서 가장 우월한 집단이었다. 따라서 무장 대학생이야말로 시민군의 약점을 훌륭하게 보완해 주는 꿈의 군대였다. 더욱이 명단조차 만들 수 없는 시민군에 비해 대학생의 정체성은 뚜렷했다.

5월 24일 밤 9시에 시작된 시민·학생 수습위 전체 회의는 11시까지 이어졌다. 소수의 항쟁파는 무장 해제의 부당성을 주장했으나 대세를 돌이키기에는 역부족이었다. 회의가 끝나자 대부분의 시민 수습위원들은 귀가를 서둘렀다. 그들은 도청에서 밤을 지새우는 것을 꺼려 했다. 계엄군의 기습 공격에 대한 두려움 때문이었다. 밤 11시 학생 수습위원회 회의가 열렸다. 수습위원들은 물론이고 시민군 측과 운동권 청년들이 참석했다. 박태민과 박남선도 있었다. 비항쟁파 그룹은 박태민의 존재에 특히 긴장했다.

전날 오후 5시경 광주 외곽 동운동 방향에서 계엄군이 진입하고 있다는 보고가 들어왔다. 궐기대회가 거의 끝나 갈 무렵이었다. 도청은 발칵 뒤집혔다. 협상차 계엄사에 들어가 있었던 김창길의 부재 속에서 긴급 회의가 열렸다. 신속한 행동을 요구하는 급박한 상황이었다. 하지만 비항쟁파는 여전히 무장 해제를 고집했다. 그날 오전 김창길이 주도한 회의에서 무장 해제가 결정되다시피 했던 까닭이었다. 소수의 항쟁파들이 저항했으나 역부족이었다. 묵묵히 듣고만 있던 박태민이 조용히 일어섰다. 모든 시선이 그에게로 집중되었다.

"지금 밖에 나가 보십시오. 영령들을 잊지 못하는 수많은 시민들이 그분들을 추억하고 있습니다. 누더기처럼 찢어지고 해진 그분들의 육신을 추억하며, 죽음이 드리워진 얼굴에서 흘러내리는 피를 추억합니다. 총검이 박힌 강인한 가슴을 추억하며, 그 가슴을 흰 무명천으로 싸면서 흘렸던 눈물을 추억합니다. 우리 모두는

이 추억을 공유하고 있습니다. 그것은 피와 눈물의 추억입니다. 그렇습니다. 해방 광주는 피와 눈물 속에서 세워진 나라입니다. 피와 눈물에 닿지 않고는 한 발자국도 움직일 수 없는 나라가 해방 광주입니다. 그런데 지금 우리는 무엇을 하고 있습니까? 탁자에 앉아 피와 눈물의 추억을 지우려고 합니다. 결코 지울 수 없는 추억을 지우기 위해 안간힘을 쓰고 있습니다. 이래서는 안 됩니다. 우리는 우리의 추억을 지켜야 합니다. 장엄하고 아름다운, 너무나 장엄하고 너무나 아름다워 거룩하기까지 한 추억을 지켜 우리의 동생과 누이, 우리의 아들딸들에게 물려주어야 합니다. 해방 광주는 어둠에 덮인 조국의 땅에서 유일하게 빛나고 있는 등불입니다. 그것을 보았던 우리의 어린 동생과 누이들이 먼 훗날 우리에게 물을 것입니다. 그 등불을 어떻게 했느냐고 말입니다. 총을 듭시다. 우리가 총을 들면 도청 밖의 시민들이 우리를 지켜 줄 것입니다. 이 자랑스러운 바리케이드를, 피와 눈물이 이룩한 자유와 민주의 바리케이드를 계엄군은 감히 뚫고 들어오지 못할 것입니다. 우리 모두 총을 들고 나갑시다. 총을 불끈 쥐고 시민들과 함께 「애국가」를 부릅시다. 죽음의 전선에서 영령들이 부르셨던 그 노래, 해방 광주의 노래를 부릅시다."

그것은 가슴을 헤집는 선동이었다. 반대자들을 침묵하게 하고, 전투의 열정을 불러일으키는 뜨거운 선동이었다. 순식간에 주도권을 장악한 항쟁파들은 무장 결의를 이끌어 낸 후 회수된 총과 실탄을 풀었다. 무기를 빼앗기고 텅 빈 손으로 도청을 배회하던 지역 방위 대원들은 총을 굳게 잡았다. 하지만 계엄군 진입은 없었고, 김창길의 주도로 무기 회수가 다시 시작되었다. 그날의 사건을 생생히 기억하고 있는 비항쟁파들은 박태민의 심야 회의 참석에 긴장할 수밖에 없었다. 그들을 긴장시키고 있는 또 다른 인물이 있었다. 박남선이었다.

어제 오후 박남선은 무기고를 지키는 시민군에게 무기 반출 금지 명령을 내렸다. 회수된 무기가 계엄군에게 반납되는 것을 막기 위함이었다. 무기 반납을 지속적으로 추진하고 있었던 비항쟁파들로서는 박남선의 협조가 절대적으로 필요했다. 어제저녁 그에게 수습위 회의 참석을 요구한 것은 그런 까닭에서였다. 시민군 지도자 박남선은 도청에 들어온 이후 처음으로 수습위원들과 상견례를 했다. 회의가 시작된 지 얼마 후 그동안 입을 꾹 다물고만 있었던 그는 문제를 근원적으로 풀 수 있는 결론이 내려진다면 함께할 것이라고 말한 후 회의실을 나가 버렸다. 그런데 오늘은 도중에 나가기는커녕 심야 회의에까지 참석하고 있었다. 더욱이 어둡고 지쳐 보였던 전날의 표정과는 달리 눈빛이 강렬했고, 목소리가 힘찼다.

비항쟁파를 대표하는 김창길은 '만약 우리가 무기를 자진 반납하지 않으면 무력 진압을 시작하겠다고 계엄군 협상 대표가 공식적으로 이야기했다. 계엄군이 시내로 들어오면 대참사가 일어난다. 우리는 총 들고 끝까지 싸울 수는 있다. 하지만 광주 시민이 다 죽은 후에 민주주의가 된들 무슨 의미가 있는가? 치욕을 느낄지라도 총을 내리는 것이 진정한 용기다. 빠른 무기 반납이 절실하다'고 간절한 목소리로 말했다. 그러자 박태민이 일어섰다.

"김창길 위원장의 말이 옳습니다. 시민군이 최신 무기로 무장한 계엄군을 이기리라고 생각하는 이는 한 사람도 없을 것입니다. 계엄군과의 전투는 백전백패입니다."

"그런데 왜 무장론을 주장하십니까?"

누군가가 퉁명스럽게 물었다.

"적절한 질문입니다. 우리의 무장론은 계엄군과의 전투가 목적이 아닙니다. 계란으로 바위를 치는 무모한 짓을 왜 합니까? 그런데 안타깝게도 적지 않은 분들이 우리의 무장론을 계엄군과 전투하는 것으로 오해하고 있습니다. 이 오해를 풀기에 앞서 무엇 때문에 무장 해제를 반대하는지, 먼저 밝히는 것이 순서일 것 같습니다. 무장 해제라는 것은 해방 광주를 계엄군에게 넘기는 것을 의미합니다. 조금 전 어떤 분은 이것을 투항으로만 생각해서는 안 된다고 했습니다. 조건 없이 무기를 반납했는데도 신군부가 광주 시민들을 여전히 폭도로, 죄인으로 몰아간다면 그때 다시 싸우자고 했습니다. 과연 이분의 주장이 옳은지 헤아려 봅시다."

박태민의 말은 조용하고 차분했다. 전날의 격렬한 선동의 목소리와는 대조적이었다.

"무기를 반납한다는 것은 광주 시민들의 무장이 잘못임을 대외적으로 인정하는 행위입니다. 동시에 광주 시민들이 겪었던 참사가 계엄군의 잘못이 아님을 인정하는 행위이기도 합니다. 물론 마음속으로는 그렇게 생각하지 않겠지만 말입니다. 만약 계엄군이, 우리가 너희들에게 지나치게 한 점이 있으니 이제 무기를 내려놓고 좋은 방향으로 해결해 보자고 했다면 이 주장은 맞지 않습니다. 무기 반납을 반대하지도 않았을 것입니다. 하지만 신군부는 언론과 전단을 통해 일관되게 무장 시민을 폭도라고 주장했습니다. 왜 그랬겠습니까? 만약 무장 시민이 폭도가 아니라면 계엄군이 폭도가 되어야 합니다. 그렇지 않으면 참사에 대해 설명할 길이 없습니다. 계엄군이 폭도가 되면, 그들의 실질적인 수령인 전두환이 폭도의 수괴가 됩니다. 이것이 과연 가능한 일일까요? 여러분도 잘 아시다시피 신군부의 목적은 집권입니다. 청와대를 향해 움직이고 있는 전두환이, 나는 폭도들의 수괴라고 스스로 외칠 수 있을까요? 천지가 개벽하지 않는 한 절대 불가능합니다. 어떤 분의 말처럼 광주 시민은 다시 싸워야겠지요. 하지만 그것은 늦은 싸움입니다. 시간을 놓친 싸움입니다. 명분을 잃은 싸움입니다. 첫째는 싸움의 상대가 지금보다 엄청나게 강해졌을 것이며, 둘째는 광주 시민 모두가 죄인이 되었기 때문입니다. 스스로 죄인이 된 이가 어떤 힘으로, 어떤 명분으로 싸울 수 있습니까? 신군부가 우리에게 뒤집어씌운 죄는 감당하기 쉬울 것입니다. 진실이 아니기 때문입니

154

다. 진실을 아는 이들끼리는 서로를 위로할 수도 있을 것입니다. 하지만 우리가 정말로 감당하기 힘든 죄가 있습니다. 5월의 봄날 속으로 고통 없이는 들어갈 수 없는 죄가 있습니다. 해방 광주의 등불을 우리 스스로 끈 죄입니다."

총소리가 들렸다. 소리는 둔중하고 희미했다. 외로움에 못 이긴 시민군이 캄캄한 하늘을 향해 절규하듯 쏜 총소리 같았다.

"계엄군이 들이닥친 5월 18일부터 해방 광주가 이룩된 21일까지 우리는 이상한 세계 속에 갇혀 있었습니다. 이상하다는 것은, 계엄군과 광주 시민 어느 한쪽은 반드시 짐승이 되어야 했기 때문입니다. 그렇지 않으면 납득이 되지 않는 세계였습니다. 계엄군이 인간이었다면 우리는 짐승이었습니다. 우리가 인간이었다면 계엄군이 짐승이었습니다. 계엄군 역시 우리와 똑같이 느꼈을지도 모르겠습니다. 그렇다면 스스로 인간이 되기 위해 광주 시민들을 악착같이 짐승으로 생각했겠지요. 먼저 가신 분들은 누구보다도 이것을 깊이 느끼신 분들입니다. 그분들이 죽음의 두려움을 떨쳤던 것은 스스로 짐승으로 전락하지 않기 위함이었습니다. 그분들이 죽음 속으로 뛰어들었던 것은 더불어 살아왔던 형제와 이웃들이 짐승으로 전락하는 것을 참을 수 없었기 때문이었습니다. 그분들이 죽음을 초월했던 것은 인간의 존엄성을 부정하는 세계를 용서할 수 없었기 때문이었습니다. 그분들의 희생이 없었다면 우리는 지금도 짐승의 치욕에 갇혀 괴로워하고 있을 것입니다. 우리 모두는 사랑의 수혜자입니다. 희생의 실체가 사랑이기 때문입니다. 그런데 지금 우리는 그 사랑의 등불을 끄려고 하고 있습니다."

등불이라고 말할 때 박태민의 그늘진 눈가에서 무엇이 반짝거렸다.

"등불은 주위가 어두울수록 빛납니다. 해방 광주가 우리만의 등불이 아닌 이유가 여기에 있습니다. 신군부의 쿠데타는 온 나라를 암흑 천지로 만들었습니다. 독재의 진창에 빠진 역사의 수레바퀴를 민주의 들판으로 끌어올리고 있는 국민의 가슴에 권력에 눈먼 무리들이 총검을 꽂았습니다. 산하는 순식간에 암흑이 되었습니다. 천지가 암흑이었습니다. 이 암흑 속에서 해방 광주는 홀로 빛을 발하고 있습니다. 총검에 굴하지 않았던 전라도의 낮은 땅이 역사의 정점에서 스스로 빛을 발하고 있습니다. 이토록 소중한 역사의 불씨를 지금 우리는 덮으려 합니다."

회의장은 침묵에 싸여 있었다. 빗소리와 뒤섞이는 침묵은 깊고 어두웠다. 어떤 이도 침묵을 깨뜨리지 않았다. 고개를 푹 숙이고 있는 이도 있었고, 눈을 감고 있는 이도 있었고, 허공을 응시하는 이도 있었다.

"우리가 왜 무장 해제를 반대하는지 충분히 설명되었을 줄 압니다. 앞서 나는 무장론에 대해 오해가 있다고 밝힌 바 있습니다. 해방 광주와 신군부의 싸움을 시민군과 계엄군의 전투로 생각하시는 분들에게 무장론은 터무니없는 전략으로 보일 것입니다. 맞

습니다. 말 그대로 계란으로 바위를 치는 행위입니다. 나는 해방
광주와 신군부의 싸움을 시간의 싸움으로 보고 있습니다. 우리의
무장론이 터무니없는 전략이 아닌 까닭은 여기에 있습니다."

박태민은 말을 멈추고 숨을 깊이 들이켰다. 빗소리가 가늘게 들
려왔다. 부드러우면서도 규칙적인 소리였다.

"영령들의 희생을 통해 드러난 것은 신군부의 정체입니다. 쿠
데타에 반대하는 국민을 가차 없이 학살하는 신군부의 행위는 세
계를 경악시켰습니다. 그들의 행위는 독재의 반인륜성과 함께 민
주주의의 가치를 일깨움으로써 인류가 오랜 세월에 걸쳐 획득한
보편적 진실의 소중함을 새삼스럽게 생각하도록 만들었습니다.
세계의 언론이 해방 광주의 불빛을 주시하는 까닭은 여기에 있습
니다. 신군부가 왜 수만의 군대를 풀어 해방 광주를 봉쇄할까요?
두려움 때문입니다. 우리가 계엄군을 두려워하듯 신군부는 해방
광주를 두려워합니다. 우리의 두려움의 실체는 무력이며, 그들의
두려움의 실체는 진실입니다. 해방 광주는 서로 다른 두려움이 대
치하고 있는 전선입니다. 무력과 무력이 대치하는 전선이 아니라
무력과 진실이 대치하는 전선입니다. 시민군의 전투 능력은 계엄
군에 비하면 참으로 왜소합니다. 그럼에도 우리가 두려움을 견뎌
야 하는 것은 진실이라는 무기가 있기 때문입니다. 진실에는 구원
의 군대가 있기 마련입니다. 해방 광주를 구원할 주력군은 민주를
갈망하는 국민들입니다. 우리 모두는 민주 학생 전사들의 서울역

진군을 생생히 기억하고 있습니다. 불과 열흘 전인 5월 15일의 일이었습니다. 전두환의 군부 세력에 맞선 그들의 장엄한 진군이 쿠데타의 빌미가 되지 않기 위해 회군을 단행했음을 우리는 기억하고 있습니다. 그 전사들은 다 어디로 사라졌을까요? 그들은 사라지지 않았습니다. 다만 어둠 속에서 길을 잃고 있을 뿐입니다. 어둠 속에서는 빛이 곧 길입니다. 해방 광주의 불빛이 그들의 눈에 닿을 때 그들은 다시 진군할 것입니다. 민주의 전사들이 서울에만 있는 것이 아닙니다. 부산에도 있고, 대구에도 있습니다. 그 전사들이 일어설 때 어둠의 군대가 직면하는 것은 궤멸입니다."

한 청년이 기침을 시작했다. 메마르고 고통스러운 기침 소리가 한동안 계속되었다.

"박정희 피살 이후 미국의 한반도 프로그램 작업은 착실히 진척되고 있었습니다. 친미 온건주의자인 계엄 사령관 정승화와 대통령 최규하는 유신 독재에 심기가 뒤틀어져 있었던 미국에 대단히 적합한 인물이었습니다. 이 프로그램을 일그러뜨린 것이 12·12 쿠데타였습니다. 미국이 쿠데타를 받아들일 수 없었던 것은 당연했지요. 쿠데타의 목적은 정권 장악입니다. 어떤 쿠데타도 정권 장악이 목적이 아닌 쿠데타는 없습니다. 신군부가 쿠데타를 성공시켰음에도 정권을 장악하지 못했다는 사실은 미국의 지지를 얻지 못했다는 명백한 증거입니다. 5·17 쿠데타는 미완성의 쿠데타를 완성시키기 위한 최후의 승부수였습니다. 아시다시피 신군부의 집권 기반은 대단히 불안정합니다. 비록 군을 장악했다고는 하나 다수의 반전두환 세력들이 군부에 포진하고 있습니다. 신군부의 쿠데타를 지지하는 국민들은 거의 없다고 해도 과언이 아닙니다. 세계의 언론은 전두환의 반인륜적 학살에 초점을 맞추고 있습니다. 이렇듯 신군부는 적으로 둘러싸여 있습니다. 하지만 그들에게도 보루가 있습니다. 미국입니다. 미국은 신군부의 유일한 보루입니다. 우리가 다 알고 있듯 미국의 최우선 관심사는 안보입니다. 신군부 세력이 안보에 위협 요소가 된다고 판단하면 미국은 제거를 위해 지체 없이 움직일 것입니다."

"그날이 언제인지 알고 있습니까?"

누군가 낮은 목소리로 침울하게 물었다.

"그날이 언제인지는 모릅니다. 한 가지 분명한 것은 해방 광주가 민주 혁명의 유일한 보루라는 사실입니다. 해방 광주의 빛이 꺼진다는 것은 민주 혁명의 빛이 꺼지는 것을 의미합니다. 길을 찾지 못한 전사들은 화석이 될 것이며, 빛을 빛이라고 부르고 어둠을 어둠이라고 부를 수 있는 자유의 날은 영원히 사라질 것입니다. 그리고 역사는 우리를 죄인으로 만들 것입니다. 우리는 두려움을 견뎌야 합니다. 무릎 꿇지 말아야 합니다. 해방 광주의 시간은 일상의 시간과 다릅니다. 그것은 역사의 시간, 혁명의 시간입니다. 어둠을 무찌르는 해방 광주의 불빛은 시간이 갈수록 밝아질 것입니다. 전사들을 향해 달리는 해방 광주의 불빛은 시간이 갈수록 빨라질 것입니다. 이 소중한 시간을 우리는 지켜야 합니다. 그렇습니다. 무장론의 핵심은 바리케이드입니다. 계엄군과 맞서 전투를 하자는 것이 아니라 해방 광주를 바리케이드로 만들자는 것입니다. 사랑과 민주의 등불을 지키는 바리케이드 말입니다."

"제가 한마디 하겠습니다."

김창길이었다.

"박태민 선배의 말씀은 대단히 감동적입니다. 나 역시 해방 광주를 지키고 싶은 마음 간절합니다. 이 자리에 계신 모든 분들이 한마음일 것입니다. 하지만 현실은 냉엄합니다. 앞서 말씀드렸듯이 계엄사의 진압 작전이 곧 시작됩니다. 그동안 수차례 그들과 협상하면서 위협을 적잖게 받았습니다만 오늘은 위협하지 않았습니다. 위협 대신 공식 통보를 했습니다. 눈에 보이지도 않는 전사들의 궐기를 기다리기에는 상황이 너무 급박합니다. 박 선배는 해방 광주를 바리케이드로 만들자고 했습니다. 그것이 어떤 바리케이드인지 나는 묻고 싶습니다. 어떤 바리케이드이기에 계엄군의 탱크와 무장 헬기의 공격을 막을 수 있는지, 정말 궁금합니다. 광주 시민의 생명을 담보로 하는 바리케이드라면 단호히 반대합니다. 어떤 진실도 광주를 다시 피투성이로 만들 권리는 없습니다. 지금 나에게 가장 소중한 진실은 광주 시민의 안전입니다. 나는 눈에 보이지도 않는 진실보다 눈에 보이는 진실을 선택하겠습니다."

결연한 목소리였다. 박태민이 다시 일어서고 있었다. 두 사람의 눈길이 부딪쳤다가 엇갈렸다.

"김창길 위원장의 발언을 무척 반갑게 들었습니다. 우리가 함께 만날 수 있는 지점이 있음을 발견했기 때문입니다. 김 위원장은 해방 광주를 지키고 싶은 마음 간절하다고 했습니다. 모두가 한마음일 것이라고 했습니다. 광주가 다시 피투성이로 되는 것. 이 자리의 어느 누구도 그것을 원하지 않습니다. 지금까지 수습위원회는 광주가 피투성이가 되지 않는 방법에만 골몰해 왔습니다. 하지만 이제부터는 피투성이가 되지 않으면서 해방 광주를 지키는 방법을 찾아야 할 때입니다. 그러기 위해서는 새로운 지도부가 필요합니다."

"새로운 지도부라뇨?"

비항쟁파의 한 청년이 의구심이 실린 목소리로 물었다.

"시민군은 해방 광주를 이룬 중심 세력입니다. 이 중심 세력이 수습위원회와 단절된 채 활동해 왔습니다. 두 세력의 단절은 해방 광주의 분열을 촉진시키는 데 큰 역할을 했습니다. 한쪽에서는 무기를 내놓으라고 하고, 다른 쪽에서는 안 된다고 하면서 서로를 적대시해 왔습니다. 이런 분열은 더 이상 방치할 수 없습니다."

"잠깐, 지도부 개편을 거론하기 전에 확실히 할 것이 있습니다."

김창길은 손을 들며 박태민의 말을 가로막았다.

"지금 하시는 말씀은 광주 시민의 안전과 해방 광주를 동시에 지키자는 것인데, 그게 가능하다고 생각합니까?"

"가능합니다."

"어떻게 가능한지 설명해 주시겠습니까?"

"5·17 쿠데타의 목적이 집권이라는 사실을 먼저 환기하고 싶습니다. 전두환은 쿠데타를 준비하면서 아마도 부마 사태를 생각하지 않았을까요? 경찰력을 마비시켰던 부산과 마산에서의 격렬 시위는 공수 부대가 투입되면서 단숨에 진압되었습니다. 전두환은 자신의 쿠데타에 저항하는 반역의 무리들을 단숨에 진압하기를 원했을 것입니다. 학생들의 5월 투쟁을 목격했던 그로서는 비장한 결심이 필요했으리라고 봅니다. 그렇다면 광주에서의 진압이 부마 항쟁의 경우보다 한층 극악했던 이유를 짐작하기란 어렵지 않습니다. 공수 대원들을 굶주린 짐승처럼 만들었던 이유도 같은 맥락일 것입니다. 하지만 1980년 5월의 광주는 1979년 10월의 부산, 마산과 다릅니다. 광주 시민의 죽음에 이르는 항쟁은 계엄군의 학살을 인류의 양심 앞에 드러냈습니다. 집권을 꿈꾸고 있는 자가 이런 상황 속에서 다시 그와 같은 학살을 저지를 수 있을까요? 적을 두려워할 필요는 있지만 지나친 두려움은 현실을 인식하는 데 장애가 될 수 있습니다."

"생명의 문제는 아무리 조심해도 지나치지 않습니다."

"옳은 말씀입니다. 그렇기 때문에 지도부의 개편이 필요하다는 것입니다. 계엄군 진입 저지 전략을 논의할 지도부 말입니다.”

“도대체 그런 기막힌 전략이 어디 있습니까? 설마 다이너마이트를 무기로 삼자는 건 아니시겠죠.”

“그것도 하나의 전략이 될 수 있겠지요.”

박태민의 목소리는 차분했다.

“광주 시민을 인질로 삼아 계엄군을 위협하겠다는 겁니까?”

“생각의 속도가 너무 빠르군요. 내 말은 그렇게 하겠다는 것이 아니라 그런 문제들을 냉철하게 검토하고 결정할 지도부를 만들자는 것입니다.”

“나는 반대합니다. 이 시점에서 새로운 지도부란 대단히 위험한 발상입니다. 어떤 전략도 시민의 생명보다 우선할 수 없습니다.”

“그게 무슨 소리요?”

항쟁파 청년이 눈을 부릅뜨며 소리쳤다.

“우리는 지금 전쟁 중이오. 전쟁을 효과적으로 수행하기 위해서 전략이 필요하다는 것은 상식이오. 그런데 뭐, 어떤 전략도 시민의 생명보다 우선할 수 없다고? 그럼 우린 시민의 생명은 안중에도 없다고 생각한단 말이오? 위원장의 말을 들어 보면 무조건 항복하자는 것인데, 부끄럽지도 않소? 목숨이 아까우면 혼자서 항복하시오.”

“말조심해!”

"당신들부터 말조심해!"

비항쟁파 청년의 고함 소리에 항쟁파 청년이 맞받아쳤다. 거친 목소리들이 여기저기서 터져 나왔고, 몇몇 청년들은 흥분에 못 이겨 자리를 박차고 일어났다.

"모두 앉아!"

박남선의 벽력같은 외침이 모든 소리를 순식간에 잠재웠다. 일어섰던 청년들이 소리 없이 앉았다.

"단도직입적으로 말하겠다. 무조건 총을 놓고 투항하자는 놈들, 광주 시민들의 피를 팔아 목숨을 지키겠다는 놈들, 이제부터는 너희 놈들의 말을 더 이상 듣지 않겠다. 지금 당장 나가!"

권총을 뽑아 든 박남선은 버럭 고함을 질렀다. 하얗게 질린 비항쟁파 청년들은 하나 둘 회의장을 나갔다. 박남선의 총구가 그들에게 향했다는 것은 도청 시민군의 총구가 그들에게 향했다는 것을 의미했다. 눈치 빠른 이들은 깨닫고 있었다. 박태민에 의한 쿠데타가 시작되었음을.

회의장에 남은 다수의 항쟁파와 소수의 비항쟁파 청년들은 학생 수습위원회를 해체하고 시민군 지도부가 합세한 새로운 조직을 만들었다. 지금까지 분리되어 있었던 정치 조직과 군사 조직의 통합이었다. 위원장은 여전히 김창길이었다. 항쟁파인 김종배는 부위원장 겸 장례 담당이 되었다. 일반 시민으로서 도청 지도부에서 일해 왔던 황금선은 부위원장 겸 총무가 되었다. 상황 실장은 물론 박남선이었다. 시민군으로 두드러진 활약을 했던 김화성은 경비 실장을 맡았다. 홍보 부장은 항쟁파인 허규정, 기획 실장은 김종필이 되었다. 무기 담당은 강경섭이 맡았다.

비가 쉼 없이 내리는 5월 25일 새벽 1시의 일이었다.

5월 25일 오전 8시

비가 내리고 있었다. 새벽에 그쳤던 비가 다시 내리면서 좀처럼 그치지 않았다. 일요일이었다. 도시가 순식간에 피로 물든 5월 18일도 일요일이었다. 그날의 날씨는 참으로 화창했었다. 천지가 봄의 기운으로 약동했다. 피의 카니발은 천지의 약동 속에서 시작되었다. 그리고 다시 일요일이었다. 비 내리는 오늘의 일요일은 예수 부활 50일째 되는 제7요일, 마가의 다락방에 모였던 제자들에게 성령이 임해 교회의 초석을 이루었다는 성령 강림 대축일이었다. 시간은 그렇게 흘렀다.

도청 지도부 장악을 위한 박태민의 쿠데타는 어젯밤 첫 모습을 드러내었다. 하지만 그것은 미완의 쿠데타였다. 정치 조직과 군사 조직을 통합시킨 새로운 지도부를 만드는 데는 성공했으나 위원장은 여전히 김창길이었다. 도청 지도부에서 절대다수를 차지하고 있는 비항쟁파의 반격을 의식한 고육책*이었다. 여기에 대한 계엄사의 대응은 신속했다.

* 고육책 : 적을 속이기 위해 자신의 괴로움을 무릅쓰고 꾸미는 계책.

아침 8시경 시민군 정보반의 한 청년이 독침에 찔렸다고 다급하게 소리치면서 쓰러졌다. 근처에 있던 다른 청년이 독을 제거하려고 상처 부위를 빨다가 또 쓰러졌다.

5월 22일, 상황 실장 박남선은 무전기를 능숙하게 다루는 여섯 명의 시민군을 차출하여 정보반을 비밀리에 조직했다. 그들의 임무는 계엄군의 동태 파악이었다. 시 외곽에서 산발적인 전투가 계속되고 있었기 때문에 계엄군의 동태 파악은 대단히 중요했다. 임무의 중요성을 감안해 도청 3층의 사무실 한 칸을 정보반실로 만들고 관계자 외에는 출입을 금지시켰다. 독침에 찔렸다는 이와 독침을 빤 이 모두 정보반원이었다.

보고를 받고 현장에 달려간 박남선은 이상한 느낌을 받았다. 간첩들이 쓰는 독은 혈관에 들어가면 몇 초 안에 즉사한다고 알고 있었다. 그런데 시간이 꽤 지났음에도 쓰러진 채 신음만 하고 있었다. 어제저녁 북한 간첩 한 명을 서울에서 검거했다는 라디오 보도가 머리를 스치고 지나갔다.

서울 시경은, 24일 광주시에 들어가 반정부 선전 및 선동 임무와 함께 학생, 시민들의 시위를 무장 폭동으로 유도하기 위해 남파된 북괴 간첩 이창룡(46세, 평양시 중구 역경림동 36)을 23일 서울 시내에서 검거하고 통신 장비와 난수표 등 20여 종을 압수했다고 발표했다.

간첩 이창룡은 체포당하는 순간 소지하고 있던 독침으로 자살을 기도했으나 경찰관에게 저지당하자 다시 혀를 깨물어 1.5센티미터가량의 자해상을 입었다. 이창룡은 북괴 노동당 연락부 소속으로 종전의 남파 간첩과는 달리 국내 소요 지역을 대상으로 침투했고, 발각 시 자살을 원칙으로 했으며, 시위 군중 속으로 들어가 살인, 방화 등을 조장하도록 시위 군중에게 줄 환각제를 소지하고 있다는 점이 특이하다고 경찰은 밝혔다.

경찰은 이창룡이 전대에 넣어 허리에 차고 있던 공작금 193만 5천 원과 난수표, 무전기, 독침, 위조 주민증, 은단형 환각제 등 22종 339점을 압수했다고 밝혔다.

아찔했다. 그러잖아도 시민군은 불신을 받고 있었다. 시민군으로 위장한 계엄군 첩자가 도청 안에서 활동하고 있음은 다 아는 사실이었다. 문제는 그들을 가려낼 방법이 없다는 점이었다. 시민군은 경원*당할 수밖에 없었다. 그런데 이제는 독침을 소지한 간첩이라니…….

전남대 의대 부속 병원의 검사 결과, 두 사람에게 독극물 중독 반응이 나타나지 않았다. 혈압과 맥박은 정상에 가까웠다. 독침에 찔렸다는 부위도 찔린 상처가 아니라 찢어진 상처로 판명이 났다. 사실이 확인될 때까지 외부에 절대 알리지 않기로 했는데도 가족

* 경원 : 겉으로는 공경하는 체하면서 실제로는 꺼리어 함.

들은 물론이고 기자들까지 병원 응급실로 들이닥친 것도 수상했다. 시민군 지도부는 두 사람을 응급실에서 11층 병실로 옮겨 격리시키고 감시병을 네 명으로 늘렸다. 하지만 얼마 후 그들은 사라졌다. 감시병 네 명도 보이지 않았다.

오전 10시

독침 사건의 위력은 대단했다. 간첩이 침투했다는 두려움 때문에 도청을 빠져나가는 이들이 줄을 이었다. 다급해진 박남선은 방송을 통해 '독침 사건을 거론하거나 누가 수상하다고 말하는 자는 우리를 분열시키기 위한 계엄군의 첩자로 간주하여 무조건 사살하겠다'고 발표했다. 라디오에서는 독침 사건이 긴급 뉴스로 흘러나왔다. 거리에는 사람들이 삼삼오오 모여 불안한 표정으로 수군거렸다. 눈에는 보이지 않는, 그러나 몸으로는 느껴지는 불길한 그림자가 유폐의 도시에 드리워지고 있었다. 이 그림자 속에서 비항쟁파의 반격이 시작되었다.

오전 10시 긴급 회의가 김창길에 의해 소집되었다. 박남선은 독침 사실 여부를 확인하기 위해 병원에 가 있었고, 박태민은 재야 인사들과의 만남 때문에 YWCA에 있었다.

김창길은 현재의 사태를 수습이 불가능한 상황이라고 선언했다. 탄약고와 무기고의 관리 통제도 불가능하다고 했다. 그는 탄약고에 있는 다이너마이트가 폭발하는 최악의 상황이 올 수도 있다고 하면서 지금 즉시 완전한 무장 해제를 주장했다. 다수의 온건파들은 그를 적극 지지했다. 항쟁파들이 대세를 돌이키기에는 독침 사건이 휘몰고 온 파고가 너무 높았다.

오후 4시

바람이 차가웠다. 머턴은 옷깃을 여미며 하늘을 올려다보았다. 빗방울이 곧 떨어질 듯 어두웠다. 그가 광주로 들어왔던 21일 이후 비 오는 날이 잦았다. 하루 걸러 비가 왔다. 해방 광주의 통금 시간은 오후 6시부터 다음 날 오전 6시까지였다. 어둠이 내리면 사위가 고요했다. 그 시각이면 으레 듣게 마련인 일상의 소리들이 끊어져 있었다. 비가 오는 날이면 더했다. 너무나 고요해 텅 빈 도시 같았다.

머턴은 시선을 하늘에서 떨구었다. 도청 정문을 지키는 시민군이 보였다. 광주 시민들은 그들을 이순신 장군으로 불렀다. 그들이 쓰고 있는 전투 경찰 헬멧 때문이었다. 철망을 뒤로 돌려 쓰고 있는 모습이 서울 광화문에 세워진 이순신 장군의 동상 모습과 흡사했다. 키만 한 총을 질질 끌듯이 메고 다니는 소년 시민군을 보고 있노라면 웃음이 나오기도 하고, 애처롭기도 했다.

피터슨 목사의 말이 다시 떠올랐다. 1975년부터 광주에서 선교사로 활동하고 있는 피터슨은 광주 거주 미국인의 안전을 위한 미 대사관의 일에 적극 관여하고 있었다. 서울 대사관과의 통화

는 송정리 미군 기지 전화선을 통해 이루어졌다. 광주의 시외 전화선이 전면 두절된 것은 5월 21일 새벽이었다. 송정리 미군 기지는 광주 외곽에 위치하고는 있으나 전화 시스템은 광주 지역에 속해 있었다.

피터슨은 광주의 모든 미국인이 철수해야 한다는 대사관의 경고를 받았다고 했다. 한국군의 군사 작전이 임박했음을 암시하는 조치였다. 그에 의하면 송정리 공군 기지에 머물고 있던 밀러 문화원장이 어제 서울로 떠났으며, 미 공군은 헬리콥터를 이용한 탈출 작전을 준비하고 있다고 했다.

"우리가 무엇 때문에 총을 들었겠습니까? 이유는 명확합니다. 계엄군의 만행을 차마 견딜 수 없었기 때문입니다. 그들의 만행은, 그 끔찍한 폭력은……."

궐기대회 연단에 처음으로 시민군 대표가 올라와 그들이 총을 든 이유를 밝히고 있었다.

도청 수습위가 계획했던 무기 반납식을 무력으로 백지화시킨 항쟁파는 제3차 민주수호 시민궐기대회를 예정대로 오후 3시에 열었다. 하지만 광장의 분위기는 어제와 판이했다. 시민들의 수가 눈에 띄게 줄었고, 숙연함과 열기가 사라져 있었다. 머턴이 느낄 수 있는 건 어두운 분노와 절망에 침잠된 불안이었다. 거리의 분위기도 마찬가지였다. 독침 사건 때문이었다.

독침 사건은 유치한 해프닝이었다. 한 청년이 독침에 맞았다고 소리치며 쓰러졌고, 다른 청년이 상처 부위를 빨다가 쓰러졌다. 이것뿐이었다. 독침이라는 것을 보니 볼펜을 잘라 한쪽에 나무를 끼운 후 그 가운데 바늘을 꽂은 것이었다. 무장간첩의 무기라는 것이 어린아이들의 전쟁 놀이 도구보다도 못했다. 두 청년이 멀쩡한 것은 지극히 당연했다. 이 유치한 해프닝이 도청 내부는 물론이고 도시 전체를 혼란의 도가니로 몰아넣을 줄 머턴은 꿈에도 몰랐다.

도시가 봉쇄됨으로써 일어나는 생활의 불편은 한두 가지가 아니었다. 버스와 택시의 운행은 전면 중단되었다. 유용한 교통수단이었던 시민군의 차량들도 연료 부족과 고장으로 24일부터는 현저히 줄었다. 생활필수품의 부족도 심각했다. 쌀과 밀가루, 라면, 설탕 등을 사기가 무척 힘들었다. 프로판 가스마저 떨어져 식생활에 큰 고통을 주었다.

이런 상황 속에서 시민들이 보여 주는 인내와 질서 의식은 놀라웠다. 필요한 것을 조금씩 사고 조금씩 팔았다. 여유 있는 것은 빌려 주고 급한 것은 꾸었다. 민란은 파괴와 약탈을 수반한다. 더욱이 경찰과 군대 철수 이후 다량의 총기가 통제 없이 나돌고 있었다. 그럼에도 파괴와 약탈은 일절 없었다. 은행과 보석상은 멀쩡했고, 주인의 피난으로 텅 빈 부르주아의 저택도 훼손되지 않았다. 그렇게 많은 피를 흘렸는데도 전란의 흔적들을 치워 나가는 시민들의 표정은 맑기까지 했다.

이런 시민들이 독침 사건이라는 유아적 해프닝 앞에서 공포에 질려 허둥거리고 있었다. 공포는 부르주아 계층에서 특히 심하게 나타났다. 그들은 해방 광주를 무조건 끝내야 한다고 공공연히 주장했다. 훌륭했던 시민들의 인내가 순식간에 허물어지고 있었다. 한국인의 정신을 지배하는 레드 콤플렉스*의 위력은 그토록 컸다.

저녁 7시

"차렷, 열중쉬어, 차렷!"

박태민의 구령은 YWCA 강당을 쩌렁쩌렁 울렸다. 70여 명의 대학생 전사들은 구령에 따라 일사불란하게 움직였다. 30여 명의 무장 대학생은 이미 도청으로 들어가 활동하고 있었다.

"우리는 우리가 원했던 것을 한시도 잊지 않았습니다. 우리는 우리가 보았던 것을 한시도 잊지 않았습니다. 우리는 우리가 흘렸던 눈물을 한시도 잊지 않았습니다. 이것이 지금 우리가 도청으로 들어가야 하는 이유이며, 여러분들이 무장하는 이유입니다."

독침 사건이 터지자 박태민은 대학생의 도청 진입을 서둘렀다. 더 이상 머뭇거릴 시간이 없었다.

대학생의 도청 진입 목적은 기존의 수습위 해체와 새로운 지도부의 조직이었다. 문제는 계엄사와의 관계였다. 지금까지 계엄사는 힘의 우위 속에서 일방적인 요구만을 해 왔고, 도청의 수습위

*레드 콤플렉스: 빨간색을 공산주의와 동일시함으로써 가지는 과도한 혐오증.

원회는 그들의 요구를 만족시키는 데만 급급했다. 항쟁 지도부는 이런 불균형한 관계를 깨뜨려야 했고, 그 방법으로 떠오른 것이 광주 거주 미국인들의 도청 억류였다.

계엄사의 작전권은 미국이 쥐고 있다. 따라서 미국인 인질은 계엄사의 힘을 약화시키는 동시에 항쟁 지도부의 힘을 강화하는 가장 효과적인 방법이다. 여기에다 5천 명 이상의 시민들을 조직, 도청 주변에서 철야 농성을 하게 한다면 해방 광주를 위한 훌륭한 바리케이드가 될 것이다. 이 계획들을 일거에 허물어뜨린 것이 독침 사건이었다.

미국인 인질과 철야 농성 계획의 성공 여부는 시민의 지지에 달려 있다. 그것은 곧 항쟁 지도부의 진실이 시민의 진실과 일치해야 함을 뜻한다. 시민의 진실과 어긋나는 어떤 진실도 무의미하다는 것을 박태민은 잘 알고 있었다.

역사는 기억과의 투쟁이다. 해방 광주가 분열에 시달렸지만 승리의 기억은 잊지 않았다. 인간의 존엄성을 부정하는 세력에 맞서 죽음으로 쟁취한 승리의 기억을 시민들은 소중히 품고 있었다. 승리의 기억이야말로 시민의 가슴을 뜨겁게 하는 해방 광주의 심장이었다. 그런데 독침 사건이 촉발시킨 레드 콤플렉스는 적지 않은 시민들로 하여금 승리에 대한 기억을 거부하도록 했다. 비통하게도 해방 광주의 등불이 레드 콤플렉스에 의해 위태롭게 흔들리고 있었다.

이런 상황에서 레드 콤플렉스를 거듭 자극시킬 것이 분명한 미국인 인질 계획은 위험했다. 독침 사건은 치명적이었다. 그나마 유일한 위안은 남동성당 파 재야 인사들의 적극적인 행보였다. 그들은 오후 5시경 도청으로 들어와 박남선이 총기로 위협하여 쫓아낸 시민 수습위원회의 공백을 메웠다. 조직을 재편한 그들은 김성용 신부를 시민 수습위원회 대변인으로 선출했다.

"무장군이 된다는 것은 조직의 일원이 된다는 것을 뜻합니다. 조직의 생명은 지휘 체계입니다. 따라서 이제부터는 존칭을 생략합니다. 차렷, 열중쉬어, 차렷! 지금부터 대열을 지어 도청으로 들어간다. 청년 학생으로서, 동시에 무장군으로서 흐트러진 자세를 보이지 말라. 도청으로 행군하는 동안 발을 맞추고 투사의 노래를 부른다!"

박태민은 저문 하늘을 보았다. 짙은 구름 사이로 희미한 빛이 흐르고 있었다. 별은 보이지 않았다. 두려웠다. 손을 꽉 쥐었다. 두려움은 늘 따라다녔다. 정치적 행위 속으로 빠져 들면 들수록 두려움은 깊어졌다. 그는 두려움 앞에서 정직해지려고 애를 썼다. 정직하다는 것은 무엇일까? 비애에 찬 단조(短調)의 군가를 부르면서 행군하고 있는 학생들을 보았다. 나는 지금 저들에게 어떤 존재인가? 내 절망적 의지가 저들의 절망적 의지와 어떤 관계를 맺고 있는가? 우리의 절망적 의지가 세계를 얼마나 깊이 파악하고 있는가?

의문이 거듭될수록 짙은 안개 속으로 빠져 들어가는 느낌이었다. 도청 건물이 보였다. 죽음의 냄새가 피어오르는 곳이었다. 수많은 죽음들이 저마다의 자세로 누워 살아 있는 이들을 낯설게 만들어 버리는 곳이었다. 죽음의 냄새를 견딘다는 것은 쉬운 일이 아니었다. 하지만 어려운 일도 아니었다. 삶과 죽음의 경계가 그토록 불투명했다. 꿈과 실재가 불투명했고, 역사와 일상이 불투명했다. 박태민이 젊은 생명들을 이끌고 가는 곳은 그런 불투명한 세계였다.

광야

기도실은 어두웠다. 성체식에 쓰이는 희미한 램프가 십자가를 간신히 밝히고 있었다. 무릎을 꿇었다. 입 안은 바짝 말라 있었다. 눈을 감았다. 어둠이 그를 감쌌다. 그에겐 어둠이 필요했다. 빛은 두려움을 불러일으켰다. 별들의 빛조차 그에겐 두려움이었다. 그가 바란 것은 완전한 어둠이었다. 완전한 어둠이야말로 죄인의 집이었다.

황폐한 죽음의 들판에서 만삭의 여인을 만났을 때 그는 생각했었다. 그리스도의 은총이 아닐까 하고. 여인이 생명을 품고 있듯 그 역시 생명을 품고 있었다. 은총이라는 생명이었다. 그 생명이 일으키는 사랑의 물결은 황홀했다. 그는 그리스도의 어린양이었다. 아흔아홉 마리의 양보다 더 소중한. 그것보다 더한 행복을 그는 알지 못했다. 그 행복이 여인의 죽음과 함께 산산조각이 났다.

그는 어린양이 아니었다. 어린양이 아닌 그는 바람 속의 나뭇잎처럼 와들와들 떨었다. 그를 와들와들 떨게 한 것은 공포였다. 자신이 버려진 존재라는 것, 텅 빈 세계 속에 홀로 있다는 것. 이 생각은 그를 무서운 공포 속으로 몰아넣었다.

그리스도를 만난 이래 그는 홀로 존재하지 않았다. 홀로 존재할 수가 없었다. 그의 존재는 그리스도의 숨결 안에 있었다. 성스러운 숨결 안에서 이루어지는 그리스도와의 만남은 지상에서 체험할 수 있는 어떤 기쁨보다도 더 깊은 기쁨이었다. 이 기쁨을 잃는다는 것은 상상조차 할 수 없었다. 그는 알고 있었다. 그가 그리스도를 선택한 것이 아니라 그리스도가 그를 선택했음을. 이 은총이야말로 그로 하여금 지상의 꿈과 욕망을 가차 없이 버리게 한 근원적 힘이었다. 그가 공포에 사로잡힌 것은 은총이 사라졌음을 깨달았기 때문이었다. 검은 바람이 몸을 휘감았다. 죽음의 바람이었다. 그는 부들부들 떨면서 무릎 꿇었다. 피가 무릎을 적셨다. 여인의 피였다. 선홍빛 피는 깨어진 여인의 머리에서 쉼 없이 흘러나왔다. 숨 쉬는 것 자체가 고통이었다. 숨을 쉴 때마다 뜨거운 공기가 가슴을 헤집었다.

여인의 죽음을 드러내는 세계는 침묵했다. 죽음의 바람에 휘감긴 세계의 침묵은 소름 끼치도록 깊고 어두웠다. 먼 곳에서 꽃잎 지는 소리가 들려왔다. 꽃잎은 하나 둘 지고 있었다. 오오, 내가 저 꽃잎이라면, 죽음과 마주 보지 않고 절멸을 향해 춤추듯 날아가는 꽃잎이라면……. 누구인가, 나를 저 죽음의 침묵과 마주 보도록 돌려세운 존재가?

생명을 잉태할 수 있는 여인의 몸은 성모의 몸이었다. 모든 여인들은 성모의 꿈을 꾸면서 하느님이 내려 주신 생명의 탄생을 설레며 기다리나니, 죽음의 들판에 홀연히 나타난 그대의 몸은 천상의 꽃이었다. 그는 울면서 여인의 몸을 안았다. 얼굴은 푸르스름했고, 이마는 싸늘했다. 여인이 겪었던 고통을 느끼고 싶었다. 그녀를 후려친 죽음의 고통을 온몸으로 느끼고 싶었다.

여인의 몸이 움직이고 있었다. 그는 흠칫 놀랐다. 환각이 아니었다. 그것은 분명 생명의 움직임이었다. 움직이는 소리까지 들렸다. 가쁜 숨소리였다. 모습도 보였다. 여인의 둥근 배가 세차게 뛰어오르고 있었다. 아이였다. 아이는 캄캄한 어둠 속에서 몸부림치고 있었다. 살려 달라는 외침 소리가 들리는 듯했다. 죽은 여인의 몸속에 죄의 티끌조차 없는 순결한 생명이 숨 쉬고 있다는 사실은 날카로운 고통이었다. 모든 것이 조용해졌을 때, 성모의 꿈이 죽음의 나무에 걸려 고요히 날개를 접었을 때, 눈꺼풀에 어떤 시선이 닿았다. 희미한 램프 불빛이 닿는 느낌이었다.

"이 죽음들이 무슨 뜻인지 저에게 가르쳐 주소서!"

그는 보이지 않는 존재를 향해 나지막이 부르짖었다. 언제 병원을 나왔는지 몰랐다. 자신이 한 줌의 재처럼 느껴졌다. 작은 바람에도 흩어져 흔적도 없이 사라져 버리는.

진실은 홀로 지키는 것이다. 홀로 지키지 못하는 진실은 여럿에 의해서도 지켜지지 않는다. 진실의 궁극은 십자가다. 이 십자가를 홀로 지키신 분이 그리스도였다. 하지만 그는 지키기는커녕 오히려 피했다. 그러니까 그가 피한 것은 그리스도였다. 그는 알고 있었다. 자신의 죄가 그분에게 상처를 주었음을. 세상에서 가장 무서운 죄였다. 그는 불타는 벽의 좁은 구멍에 갇혀 있는 자신을 보았다. 그것은 성녀 테레사가 직관한 지옥의 모습이었다. 산다는 것은 무엇인가를 보는 것이다. 그에게 보이는 건 지옥의 모습이었다. 죽음의 혼령들이 쉼 없이 그의 육신을 꿰뚫고 지나갔다. 먹을 수도 없고 잘 수도 없었다. 살 수도 없고 죽을 수도 없었다. 성당의 차가운 마룻바닥에서, 독방의 들창 밑에서, 성체등조차 없는 어둠 속에서, 피에타 상 아래서 그는 자신의 죄를 응시했다.

죄는 영혼과 분리되지 않는다. 그것은 영혼의 심연에서 영혼의 일부를 이룬다. 그러므로 죄를 응시한다는 것은 영혼의 심연을 응시하는 것이다. 응시한다는 것은 견딘다는 것을 뜻한다. 그 깊은 밤의 폐허와 폭풍의 내부를 견디지 못할 때 두 눈은 닫힌다. 두 눈이 닫히면 죄가 눈을 뜬다. 죄의 눈은 모든 것을 보지만 그리스도만은 보지 못한다. 눈부심을 견디지 못하기 때문이다. 그 눈이 보는 것은 죄가 만들어 낸 그리스도다. 죄는 자신이 볼 수 있도록 그리스도를 가공한다. 한 분뿐인 그리스도가 세상에서 온갖 모습으로 떠도는 이유가 여기에 있다. 그가 죄를 응시하는 것은 그리스도를 되찾기 위함이었다.

눈꺼풀에서 뭐라고 말할 수 없는 어떤 움직임이 일고 있었다. 바람에 미세하게 흔들리는 잎사귀처럼 부드럽고 고요하고 정밀했다.

'이는 내 몸이니라.'

보이지 않는 입술에서 흘러나오는 목소리는 영혼을 육신으로부터 찢어 내듯 끌어당기고 있었다.

'이는 내 피니라.'

곧이어 흘러나온 목소리는 날카로운 창이 되어 가슴을 찔렀다. 그는 신음과 함께 눈을 떴다. 새벽의 광선이 기도실 창으로 어렴풋이 스며들고 있었다.

아침 7시

계엄군 탱크가 봉쇄 지역 3개소에서 시민군 바리케이드를 무너뜨리고 시내로 진입한 것은 새벽 4시부터 6시 사이였다. 통합 병원 부근에 있던 계엄군은 탱크 다섯 대를 앞세우고 1킬로미터 전진했다. 백운동 쪽도 대동고교까지 전진했으며, 운암동 고속도로에 있던 계엄군은 무등경기장까지 들어왔다. 정부는 서울과 목포 간 고속도로 개통을 위해 계엄군을 진입시켰다고 발표했다.

새벽 5시경 계엄군이 통합 병원 부근에서 탱크를 앞세우고 시내로 진입하고 있다는 급보가 도청 상황실에 보고되었다. 항쟁 지도부는 총비상령을 내렸고, 시민군은 긴장 속에서 숨 가쁘게 움직였다.

항쟁 지도부는 계엄군의 진격에 대해, 고속도로 진입로인 외곽 도로를 장악함으로써 병력과 보급품 수송 루트를 확보하는 한편, 시민군 차량과 기름 공급처인 아세아자동차 공장을 차단하여 시민군의 기동력을 약화시키려는 것으로 분석했다.

계엄군 탱크 진입 소식은 도청의 젊은이들을 극도로 흥분시켰다. 그들은 '자폭하자'는 말을 서슴지 않았다. 도청 2층 부지사실에서 철야를 했던 열일곱 명의 시민 수습위원들은 긴급 회의를 가졌다. 수면 부족에다 끊임없는 긴장과 불안으로 심신이 피폐한 젊은이들이 다이너마이트에 불을 붙이면 모든 것이 끝난다. 그들을 진정시켜야 했으나 수습위원들로서는 속수무책이었다. 무거운 침묵이 계속되었다. 누구도 입을 여는 이가 없었다.

"나의 말을 들어주시오!"

부르짖는 듯한 목소리에 모든 시선이 집중되었다. 김성용 신부였다.

"지금은 우리 어른들이 광주의 방패가 되어야 할 때입니다. 전차가 진을 치고 있는 곳으로 우리 모두 나갑시다. 우리는 여기 있어도 죽을 것이며, 전차 앞에 나가도 죽을 것입니다. 그러니 우리의 몸으로 전차를 막읍시다. 젊은이들은 안 됩니다. 그들은 이곳

을 지켜야 합니다. 계엄군과 대화를 이룰 수 있다면 우선 항의합
시다. 왜 약속을 어겼는지 따져 해명하도록 하고, 사죄하라고 합
시다. 그리고 다음 사항을 이 자리에서 결의합시다. 군은 한 시간
안에 본래의 위치로 철수할 것과, 그러지 않으면 전 시민의 무장
화를 호소하고 게릴라전을 전개할 것이며, 최후의 순간이 오면 다
이너마이트로 자폭할 것이라고 말입니다."

재야의 수습위원들은 광주의 어른들이었다. 어른들의 목숨을
건 용기가 흥분에 사로잡힌 젊은이들이 사태를 냉철히 판단하는
데 큰 역할을 할 것이라는 믿음에서 나온 결단이었다. 이 결단을
반대하는 이는 아무도 없었다.

수습위원들은 안개비가 흩뿌리는 금남로로 나와 일렬횡대로
섰다. 행진이 시작된 것은 아침 7시경이었다. 어떤 이는 그것을
'죽음의 행진'이라고 불렀다. 보도진이 수습위원들의 뒤를 따랐
다. 외신 기자들이 눈에 많이 띄었다. 탱크 진입 소식을 듣고 밖으
로 나온 시민들이 대열에 합류했다. 금남로를 벗어날 무렵에는 시
민들의 수가 수백 명으로 불어나 있었다. 행진은 침묵 속에서 이
루어졌다. 입을 굳게 다문 그들의 얼굴은 비장하면서도 침통했다.
손으로 눈물을 훔치는 이들도 있었다.

금남로에서 수창초등학교, 광주대교, 양동, 서광주경찰서와 돌
고개를 거쳐 계엄군의 이중 바리케이드가 있는 농성동의 농촌진
흥청 앞에 이르렀을 때는 9시가 다 되어 있었다. 4킬로미터의 거

리였다.

바리케이드 너머에는 두 대의 탱크가 시내를 향해 포문을 열고 있었다. 미제 가죽 끈이 달린 전투복 차림의 계엄군들은 사격 자세를 취했다. 길 양쪽 건물 2층과 옥상의 기관총 사수들도 마찬가지였다. 소령 한 명이 굳은 표정으로 수습위원들을 맞이하면서, 부사령관이 곧 올 것이니 기다리라고 말했다. 얼마 후 나타난 검은 세단에서 장군이 내렸다. 두 개의 별이 빛났다. 협상 책임자인 김기석 전교사 부사령관이었다. 그는 김성용 신부에게 계엄 사령부로 가서 이야기할 것을 제의했다. 김 신부는, 계엄군이 어젯밤 위치로 물러서지 않으면 갈 수 없다고 단호하게 말했다. 부사령관은 고개를 끄덕이더니 탱크병에게 후퇴를 명령했다. 탱크가 물러서자 시민들은 일제히 박수를 쳤다. 김성용 신부를 포함한 협상 대표 11인이 상무대로 향했다. 김창길도 뽑혔다. 그는 전날 밤 학생 수습위원장 사퇴 후에도 도청을 떠나지 않고 있었다. 재야의 시민 수습위원들은 항쟁 지도부와는 달리 소신을 지키며 성실하게 일해 온 그를 배척하지 않았다.

협상 대표들이 상무대 회의실에서 계엄사 대표단과 마주한 것은 오전 10시경이었다. 김기석 부사령관을 비롯하여 소장과 준장 각각 두 명과 소령 계급의 헌병 대장이 협상 테이블에 앉았다.

하느님이 주신 귀중한 인간의 피를 더 이상 흘리게 해서는 안 된다는 일념에서 사제의 신분임에도 불구하고 수습위원회에 참여했다고 밝힌 김성용 신부는 '계엄군의 병력 이동이 시민군들을 격앙시켰다. 그들을 설득하기 위해서는 시간이 더 필요하다'고 말했다. 그러나 계엄사 측은 오늘 자정까지 무기 회수와 반납이 이루어지지 않으면 작전 수행이 불가피하다는 것을 분명히 했다.

"오늘 밤 12시까지는 불과 열두세 시간밖에 남지 않았다. 그동안 무기를 전량 회수한다는 것은 불가능하다. 당신들이 약속을 어기고 탱크를 진입시키는 바람에 시민군들의 무장이 다시 시작되었다. 며칠만 더 시간을 달라."

"우리는 군인이다. 군인은 정치는 모른다. 오직 명령에 따를 뿐이다. 오늘 자정까지 무기를 회수하여 군에 반납하면 치안을 경찰에 맡기겠다. 우리가 할 수 있는 말은 이것뿐이다."

"당신들은 지금 불가능한 일을 요구하고 있다. 그것은 곧 군을 광주로 진입시키겠다는 뜻이 아닌가? 그래서는 안 된다. 총구를 국민에게 겨누는 이들을 누가 대한민국 군인으로 생각할 것인가."

"군의 목적은 이기는 것이다. 그런데도 시민들의 피해를 막기 위해 후퇴까지 했다. 게다가 무기 반납을 실현시키기 위해, 군의 사기가 심히 저하되고 있음에도 지금까지 인내해 왔다. 하지만 기다리는 것에도 한계가 있다."

"지난번 수많은 광주 시민들이 군의 살상 행위를 목격했다. 가족을 잃은 시민들의 아픔은 참으로 깊다. 이런 상황에서 군이 다

186

시 살상 행위를 한다면 돌이킬 수 없는 비극이 벌어질 것이다."

"젊은 군인들도 전우가 살상당하는 모습을 보았다. 그들이 참을 수 있었던 것은 애국 애족의 교육이 잘되어 있었기 때문이다."

그들의 말은 그렇게 어긋났다. 어긋난 말들은 고립된 채 허공을 떠돌다 어디론가 사라졌다.

정오

계엄군 진입 이후 항쟁 지도부가 가장 먼저 결정한 것은 시민 궐기대회의 오전 개최였다. 지금까지 궐기대회는 오후 3시에 시작했었다.

도청 홍보 팀과 YWCA의 시민 궐기대회 홍보 팀, 투사회보 제작 팀이 빠르게 움직였다. 곧 방송 차량이 시가지를 돌면서 계엄군 진입 소식과 함께 궐기대회의 오전 개최를 알리면서 시민의 힘으로 광주를 지키자고 호소했다. 대자보도 시내 요소요소에 부착했다. 죽음의 행진에 나선 시민 수습위원회가 계엄사와 협상에 들어가자 시민들을 안심시키는 방송을 했다. 계엄군 진입 소식이 시민들에게 두려움을 불러일으켜 집 안에 묶어 두거나 피난을 재촉할 수 있다는 우려 때문이었다. 이와 비슷한 목적으로 부착한 것이 미국 항공모함 코럴시 호의 한국 해역 도착을 알리는 대자보였다. 그것은 시민들에게 미국이 광주를 돕기 위해 항공모함을 출동시켰다는 기대를 불러일으켰다.

제4차 민주수호 시민궐기대회는 오전 11시가 넘어서야 시작되었다. 방송 차량과 대자보를 통해 개최 시각이 9시임을 알렸으나 도청 광장에 모여드는 시민들의 수는 극히 적었다. 항쟁 지도부의 우려가 현실로 나타나고 있었다. 독침 사건이 불러일으킨 것이 심리적 공포라면 계엄군의 진입 소식은 현실적 공포였다. 심리적 공포가 현실적 공포를 자극하고, 현실적 공포가 심리적 공포를 자극하는 공포의 가속화가 심화되고 있었다.

계엄군의 이러한 움직임은 위력을 발휘하고 있었다. 시민들의 참여 열기는 항쟁 지도부를 실망시키기에 충분했다. 어제까지만 해도 영업을 했던 도청 주변의 식당과 가게들의 문은 거의 닫혀 있었다. 통행인도 현저히 줄어 거리가 스산했다. 광장이나 골목에서 뛰놀던 어린아이들도 보이지 않았다. 해방 광주의 중심인 도청은 또 하나의 섬으로 변하고 있었다.

궐기대회가 진행되고 있던 정오 무렵, 항쟁 지도부는 대단히 중요한 두 가지 일을 하고 있었다. 항쟁 지도부가 80만 광주 시민의 이름으로 정부에게 요구하는 7개 항의 문안 작성과 기동 타격대의 조직이 그것이었다. 항쟁 지도부의 정치적 입장을 제시한 7개 항의 요구 내용은 이랬다.

1. 이번 사태의 모든 책임은 과도 정부에 있다. 과도 정부는 모

든 피해를 보상하고 즉각 물러나라.

2. 무력 탄압만 계속하는 명분 없는 계엄령을 즉각 해제하라.

3. 민족의 이름으로 울부짖는다. 살인마 전두환을 공개 처형하라.

4. 구속 중인 민주 인사를 즉각 석방하고, 민주 인사들로 구국 과도 정부를 수립하라.

5. 정부와 언론은 이번 광주 의거를 허위 조작, 왜곡 보도하지 말라.

6. 우리가 요구하는 것은 피해 보상과 연행자 석방만이 아니다. 우리는 진정한 민주 정부 수립을 요구한다.

7. 이상의 요구가 관철될 때까지, 최후의 일각까지, 최후의 일인 까지 우리 80만 시민 일동은 투쟁할 것을 온 민족 앞에 선언한다.

신군부로서는 도저히 받아들일 수 없는 내용이었다. 이 사실을 항쟁 지도부가 모를 리 없었다. 그런데 왜 이런 요구를 했을까? 언어가 응시하는 대상이 신군부가 아니었기 때문이었다. 그것은 겨레와 역사의 가슴에 새기는 항쟁 지도부의 피 어린 유언이었다.

상황실의 주도로 만들어진 기동 타격대는 항쟁 지도부의 유언을 뒷받침하는 군사 조직이었다.

시민군 조직은 지역 방위대와 도청 수비대, 기동 순찰대로 이루어져 있었다. 특수 기동대라는 조직이 있었으나 도청의 통제를 받지 않고 독자적으로 활동했다. 해방 광주의 첫날인 5월 22일 아침, 광주공원에서 만들어진 특수 기동대는 열다섯 명 안팎의 무장 대원들로 24인승 소형 버스를 타고 시내와 외곽 지역을 순찰했다. 죽음을 각오하기로 맹세한 그들은 자신의 주소와 이름을 적은 종이쪽지를 호주머니에 넣고 다녔다. 5월 22일 광주로 내려와 도청을 방문하기로 약속했던 박충훈 국무총리 서리가 광주 시민이 납득할 수 있는 협상안을 내놓지 않을 경우 인질로 잡을 계획까지 세웠다. 특수 기동대가 해체된 것은 지역 방위대가 거의 무너진 5월 25일이었다. 이날 일어난 독침 사건의 충격으로 수많은 청년들이 총을 놓고 떠났다.

시민군 조직이 와해된 상황에서 만들어진 기동 타격대는 도청 지도부가 공식적으로 조직한 유일한 무장 집단이었다. 대여섯 명을 1개 조로 하여 각 조마다 조장 한 명, 타격 대원 네댓 명, 군용 지프 한 대, 무전기 한 대, 개인 무기로는 카빈 소총 1정과 실탄 1클립씩 배정하여 7개 조로 편성했다. 대원들은 대부분 20세 전후의 노동자들로서 친구나 선후배들을 같은 조에 배속시켜 결속력을 강화했다. 이들의 임무는 시내 순찰, 계엄군 동태 파악, 계엄군 진입 저지, 거동 수상자 체포와 연행, 치안 유지 등이었다. 기동 타격대장에 윤석루, 부대장에 이재호를 임명하여 상황 실장·기동 타격대장·부대장·조장·조원의 지휘 체계를 확립했다. 기동 타격대가

190

총기 회수의 대상이 아님을 명백히 한 것이다. 그들은 해방 광주의
마지막 전사들이었다.

오후 2시

머턴은 반듯이 앉아 있는 박태민의 두 눈을 응시했다. 그의 눈
은 슬프면서도 부드럽고 고요했다. 머턴은 그가 곧 죽을 것임을
예감했다. 눈빛이 그것을 일깨우고 있었다. 박태민 역시 자신의
죽음을 알고 있으며, 스스로 받아들이고 있다고 생각했다. 그의
눈을 보는 순간 머턴은 직감적으로 알아 버렸다.

계엄군 진입 소식은 독침 사건의 충격에서 헤어 나오지 못하고
있던 시민군들을 히스테릭한 상태로 몰아넣었다. 그런 모습과 극
명한 대조를 이루고 있었던 이가 박태민이었다. 그는 고요함 속에
있었다. 그는 움직이는 순간에도 고요함을 잃지 않았다. 현실에
사로잡힌 자가 그런 고요함을 가진다는 것은 불가능했다.

"인터뷰 요청을 받아 주어 감사합니다."

진심이었다. 오후 4시에 내외신 공동 기자 회견이 예정되어 있
었다. 하지만 머턴은 그의 고요함 속으로 홀로 들어가고 싶었다.
홀로 들어가 고요함의 내부를 응시하고 싶었다. 숲 속 길의 고요
함을 응시하듯.

"지금까지 해방 광주는 이중 권력 구조였습니다만 어젯밤 비로
소 권력이 일원화되었습니다. 하지만 신군부는 새로운 권력에 시

간을 허용하지 않기로 한 듯 보입니다. 정보에 의하면 군의 작전이 곧 시작될 것 같습니다. 싸움의 결과는 명백합니다. 이제 총을 놓을 때가 되지 않았습니까?"

"스스로 원해서 총을 들었듯, 총을 놓을 때도 스스로 할 것입니다."

"총을 놓지 않을 이들도 있다는 뜻이군요."

"죽음이 총을 놓게 하겠지요."

박태민은 상냥하게 웃으며 말했다. 눈에서도 상냥함이 보였다.

"협상할 의사가 전혀 없습니까?"

"계엄사는 조건 없는 투항만을 요구하고 있습니다. 협상할 의사가 없는 쪽은 그들입니다."

"충돌이 불가피하겠군요."

"이 시점에서 우리는 미국에 묻고 싶습니다. 미국적 민주주의의 진정한 얼굴이 무엇인지 말입니다."

"미국의 역할을 기대한다는 뜻인가요?"

"미국은 한국에서 군사적 지렛대를 갖고 있습니다. 한미 연합 사령부의 권한이 그것입니다. 대부분의 한국군은 한미 연합 사령부의 작전 통제권 아래에 들어가 있습니다. 이것은 우리가 싫든 좋든 받아들여야 할 냉엄한 현실입니다. 아시다시피 박정희 암살 이후 권력의 중심은 청와대에서 군으로 이동했습니다. 미국의 영향력이 어느 때보다 커졌다는 것을 뜻하지요. 광주 시민을 비롯한

많은 한국 국민이 미국의 태도를 주시하는 이유가 여기에 있습니다."

머턴은 고개를 끄덕였다. 이틀 전인 5월 24일 미국인 기자들이 시민들로부터 해방군처럼 환대받았던 적이 있었다. 미국 정부가 광주 시민을 구원하기 위해 항공모함 코럴시 호를 출동시켰다는 내용의 대자보 때문이었다. 하지만 다음 날 항모 이동의 이유가 밝혀지면서 분위기가 싸늘해졌다. 그런데 오늘 아침 코럴시 호의 한국 해역 도착을 알리는 대자보가 다시 부착되면서 시민들의 기대를 부추기고 있었다. 절박한 상황이 만들어 내는 희비극이었다.

"지금 이 시점에서 미국이 어떻게 하기를 원합니까?"

"신군부의 사병들은 다시 광주를 공격하려고 합니다. 그들의 공격을 막을 수 있는 유일한 세력이 미국입니다. 만약 미국이 이 역할을 다한다면 한국 국민은 미국의 과오를 용서할 것입니다. 글라이스틴 대사는 미국 정부를 대표하는 인물입니다. 그가 직접 나선다면 우리는 진지하게 대화할 것입니다."

"공식적인 제안입니까?"

"그렇습니다."

"대단히 의미 있는 제안입니다. 문제는 미국의 반응입니다. 나의 판단으로는 글라이스틴이 쉽게 움직이지 않을 것 같다는 생각이 드는군요."

지금까지 미국이 취한 태도를 상기해 보면 실현이 거의 불가능한 제안이었다. 머턴의 느낌으로는 박태민 역시 그 사실을 알고 있는 듯했다.

"그렇다면 우리의 길을 가야지요."

"우리의 길이라면……."

"누군가가 해방 광주를 지켜야 합니다."

"죽음을 무릅쓰고라도 말입니까?"

"그렇습니다."

"그 죽음이 얻는 것은 무엇입니까?"

"시간입니다."

"시간?"

"오늘 아침 『뉴욕 타임스』의 한 기자는 앞으로 닷새만 버티면 우리가 승리할 것이라고 했습니다. 이 말을 어떻게 생각하십니까?"

"정치적 근거가 있는 예측입니다. 신군부가 작전을 서두르는 이유도 여기에 있을 것입니다."

"우리에게는 계엄군을 막을 힘이 없습니다. 그들은 해방 광주의 시간을 탈취할 것입니다. 하지만 그들에게 결코 탈취당할 수 없는 시간이 있습니다. 진실이 만들어 내는 시간입니다. 진실은 인간의 혼을 가장 격동적으로 움직이게 합니다. 그 움직임이 만들어 내는 시간은 일상의 시간과 다릅니다. 5월 18일부터 시작된 시간은 일상의 시간이 아니었습니다. 공수 특전단의 참혹한 폭력은

194

시민들에게 진실을 일깨웠습니다. 진실은 그들의 혼을 흔들었고, 죽음을 초월한 저항이 시작되었습니다. 죽음은 진실을 지키기 위한 불꽃이었습니다. 해방 광주는 진실의 시간이 쌓아 올린 장려한 탑입니다. 죽음을 껴안고 싸웠던 이들은 알 것입니다. 해방 광주의 혼이 진실임을. 비통하게도 우리는 해방 광주를 지킬 수가 없습니다. 하지만 우리가 지킬 수 있는 것이 있습니다. 진실입니다. 죽음이라는 불꽃을 통해."

박태민의 눈빛이 흐려지고 있었다.

"신군부는 우리를 패배시킬 것입니다. 해방 광주는 무너지고 장려했던 탑은 흔적도 없이 사라지겠지요. 죽음의 노래가 만장*처럼 펄럭이며 폐허의 빈 터를 덮을 것입니다. 그곳에 무엇이 있을까요? 아무것도 없습니다. 그저 빈 터일 뿐입니다. 승리자의 군단에 철저히 짓밟힌. 하지만 황혼이 지나고 어둠이 내리면 무언가 보일 것입니다. 불꽃입니다. 죽음의 불꽃 말입니다. 눈이 있는 자는 어두운 하늘을 가르는 불꽃을 볼 것입니다. 그것은 죽음의 불꽃이자, 죽음이 지킨 진실의 불꽃입니다. 진실은 스스로의 시간을 창조합니다. 창조된 시간은 젊은 혼을 격동시킵니다. 격동된 혼은 전사의 혼입니다. 해방 광주의 전사는 사라졌지만 새로운 전사들이 역사의 광야를 가로지르며 진실의 불꽃을 향해 달려올 것입니다. 해방 광주는 패배할 것입니다. 하지만 그것은 잠시의 패배일

*만장 : 죽은 이를 위해 지은 글을 비단이나 종이에 적어 기(旗)처럼 만든 것.

뿐입니다. 광야는 우리를 승리자로 만들 것입니다."

보일 듯 말 듯한 미소가 박태민의 입가에 어리고 있었다.

저녁 7시

제5차 시민 궐기대회가 오후 3시에 열렸다. 궐기대회가 하루에 두 번 열리기는 처음이었다. 여기에서 항쟁 지도부는 정오 무렵 작성한 7개 항의 결의문을 80만 광주 시민의 이름으로 채택하는 절차를 밟았다. 도청 사수를 시민들에게 공식적으로 허락받는 순간이었다. 그 시각 계엄군은 송정리비행장에서 도청 점령 작전을 위한 마지막 리허설을 하고 있었다.

오후 5시 계엄사는 무기 반납을 더 이상 기다릴 수 없다는 통고와 함께 오늘 자정을 기해 군의 작전이 시작되며, 자정 이후 도청에 남아 있는 사람은 예외 없이 폭도로 간주한다는 것을 명확히 했다. 항쟁 지도부는 이 사실을 시민들에게 알릴 것인가 숨길 것인가에 대해 토론을 시작했다. 혼란을 우려하는 목소리가 있었으나 진실을 숨겨서는 안 된다는 것으로 의견이 집약되었다.

궐기대회가 끝날 무렵 항쟁 지도부는 '오늘 밤 계엄군이 공격해 올 가능성이 크다'고 공식 발표했다. 광장은 일순 침묵에 빠졌다. 사람들의 얼굴이 멍해 보였다. 눈에는 눈물이 고이고 있었다. 이제 더 이상 희망과 싸울 필요가 없었다. 희망은, 유적지에서 신기루처럼 떠돌던 희망은 그렇게 사라져 갔다. 봄날의 늦은 오후에,

흐린 빛 속으로.

광장 모퉁이에서 한 여학생이 노래를 부르기 시작했다. 「우리의 소원」이었다. 노랫소리가 점점 커지면서 이윽고 광장을 가득 채웠다. 지난날 피의 거리에서 한마음으로 불렀던 그 노래가 다시 울려 퍼지고 있었다. 궐기대회가 끝나자 일부 시민들은 가두 행진에 나섰다. '계엄군 물러가라', '우리는 최후까지 싸운다', '광주를 지키자'라는 비장한 구호들을 외치며 금남로에서 유동 삼거리로 향했다.

그 시각 김창길은 도청 지도부 전체 회의 소집을 요구하고 있었다. 전교사 김기석 부사령관으로부터 광주 진압 작전이 오늘 밤 시작된다는 사실을 확인한 그는 무기 반납 결의를 이끌어 내기 위해 비항쟁파 인사들과 함께 도청에 다시 들어온 것이었다. 수습위원으로 활동했던 지역 유지들은 김창길의 뜻에 적극 호응했다. 재야의 수습위원들도 반대하지 않았다. 항쟁파의 주장을 마음속으로는 공감하고 있었으나 그들의 희생적 행위를 방관하기에는 너무나 아까운 생명들이었다.

미국인 134명을 비롯하여 일본인 아홉 명, 영국인 세 명 등 207명의 외국인이 광주에서 철수하고 있었던 저녁 7시경 시민 수습위원회 사무실인 부지사실에서 회의가 시작되었다. 참석자는 스무 명이 넘었다. 윤공희 대주교와 조아라 YWCA 회장도 보였다. 항쟁파에서는 김종배와 이양현, 허규정이 참석했다. 정상용은 회의가 있는 줄도 모른 채 우연히 부지사실에 들렀다가 자리에 앉았다. 박태민과 박남선도 회의 사실을 모르고 있기는 마찬가지였다.

항쟁파와 비항쟁파와의 논쟁이 다시 벌어졌다. 항쟁파는 '참혹한 시신들을 버려두고 도청을 떠날 수 없다. 하지만 떠나겠다는 사람을 잡지는 않겠다. 각자 자유롭게 선택하자'고 주장했고, 비항쟁파는 생명의 소중함을 내세우며 무기 반납의 불가피성을 역설했다. 결론이 나지 않자 다수결로 의사 결정을 하기로 했고, 결국 김창길의 주장이 받아들여졌다. 정상용과 김종배는 체념한 표정으로 일어섰다. 윤공희 대주교와 조아라 회장은 눈물을 흘리며 회의실을 나갔다. 도청 스피커에서는 회의 결과와 함께 무기 반납을 권유하는 방송이 벌써 나오고 있었다. 남은 사람들이 자리를 정리하고 있는데, 누군가가 난폭하게 문을 열어젖히며 들어왔다. 상황 실장 박남선과 기동 타격 대장 윤석루였다. 박남선은 '왜 우리를 계엄군에게 팔아넘기려고 하느냐? 지금부터 투항을 주장하는 놈들은 모조리 죽여 버리겠다'고 외치며 공포를 발사했다. 그것은 비항쟁파가 도청에 머무는 것을 더 이상 용납하지 않겠다는 항쟁 지도부의 선언이었다. 김창길을 비롯한 비항쟁파들은 도청을 나가지 않을 수 없었다. 이 과정에서 마음이 흔들린 시민군이 대거 이탈했다.

비항쟁파들이 도청을 빠져나갈 즈음 가두 행진을 끝낸 사람들이 광장으로 들어오고 있었다. 유동 삼거리와 양동 복개천 상가를 거쳐 계엄군과 대치하고 있는 화정동까지 행진한 그들은 군 바리케이드 1백 미터 앞에서 시위를 벌였다. 행진 도중 적지 않은 이들이 이탈하여 도청 광장에 도착했을 때는 2백여 명에 불과했다. 한 청년이 연단으로 올랐다.

"여러분, 오늘은 해방 광주의 마지막 밤이 될지도 모릅니다. 조국의 민주화를 위해 기꺼이 생명을 바치겠다는 분만 남으시고 그렇지 않은 분들은 돌아가십시오."

목이 멘 소리였다. 사람들은 깨닫고 있었다. 삶과 죽음이 두 개의 몸뚱이로 분리된 채 자신들을 내려다보고 있음을. 나를 선택하라는 간절한 눈빛으로. 삶과 죽음이 하나였던 꿈의 시간은 추억일 뿐이었다. 죽음을 선택하자니 그것이 불러일으키는 고통이 두려웠고, 삶을 선택하자니 추억과의 괴로운 싸움이 두려웠다. 두 개의 길 앞에서 그들은 그림자처럼 서성거렸다.

밤 8시 30분

별이 없는 하늘은 금방 캄캄해졌다. 강선우는 간절히 바랐다. 노을 진 서녘 하늘을 볼 수 있기를. 하지만 비를 머금은 검은 구름은 그것을 허락하지 않았다. 그는 생각했다. 내 언제 이토록 간절히 무엇을 욕망했던 적이 있었던가 하고. 이 강렬한 욕망은 추억에서 비롯되는 것이 아니었다. 추억은 욕망과 아무런 관계가 없었다. 욕망을 불러일으키는 것은 추억이 아니라 죽음이었다. 그의 내부에서 한 마리 새처럼 깃을 치고 있는 죽음은 그렇게 노을을 갈망했다.

주위를 둘러보았다. 금남로는 텅 비어 있었다. 그토록 많던 사람들은 모두 어디로 갔는가? 물러날 듯 물러날 듯하면서도 결코 물러나지 않았던 사람들, 짓밟고 짓밟아도 무섭게 일어섰던 사람들, 죽여도 죽여도 결코 죽지 않았던 그들은.

그의 예감이 맞았었다. 이 도시에 발을 딛지 말았어야 했다. 새벽의 역 광장에서 어둠에 잠긴 도시를 처음 보았을 때 길을 잘못 들어 엉뚱한 곳으로 온 듯한 느낌은 정확했다. 어딘가에 있을 올바른 길을 찾아 떠났어야 했다. 하지만 그것은 불가능한 일이었다. 그는 홀로 움직일 수가 없었다. 그의 몸은 명령의 사슬에 묶여 있었다. 그 사슬을 끊는다는 것은 상상조차 할 수 없었다. 하지만 그는 끊었다. 흥건한 핏물 속에서 살려 달라고 애원하는 유근수 소령을 절명시키는 순간 사슬은 끊어졌다. 세 번의 총소리는 사슬이 끊어지는 소리였다.

시위대가 로켓포까지 갖고 있다는 사실이 놀라웠다. 더욱 놀라운 것은 정확한 사격술이었다. 선두의 장갑차와 넉 대의 트럭이 완파당했다. 정규 부대의 사격술도 그만큼 정확하기가 쉽지 않았다. 로켓포의 사격이 멎자 총탄이 비 오듯 쏟아졌다. 수류탄도 날아들었다. 엄청난 화력이었다. 하지만 시위대는 보이지 않았다. 무장 헬기 지원을 요청하는 지휘관의 목소리는 절규에 가까웠다.

당황한 병사들은 무차별 난사를 하고 있었다. 인근 마을이 아비규환으로 변했다. 도로 밑 저수지에서 목욕하던 아이와 마을 어귀에서 놀던 아이가 즉사했고, 여섯 명의 마을 주민이 총상을 입었다. 가축들은 떼죽음을 당했다. 가택 수색에 들어간 공수 대원들은 젊은 남자들을 무조건 끌어낸 후 세 명을 즉결 처분했다. 시위대와 무관한 청년들이었다. 복수심에 사로잡힌 그들은 총소리에 놀라 하수관 속으로 숨어 들어간 아낙네까지 살해했다.

40여 분간 계속된 전투는 특공조가 적의 매복 진지를 점령함으로써 종결되었다. 한 명을 사살하고 일곱 명을 생포했는데, 뜻밖에도 그들은 시위대가 아니라 전교사 보병 학교 교도대였다. 군부대 간의 오인 전투 과정은 이러했다.

이날 새벽 보병 학교는 폭도들이 목포로 진출할 것이라는 정보가 들어왔으니 차단하라는 명령을 받았다. 즉각 출동한 교도대는 송암동 삼거리에서 목포 방향으로 3백여 미터 지점의 양쪽 산기슭에 매복했다. 3.5인치 대전차 격파용 화기와 90밀리미터 무반동총*을 갖춘 그들은 폭도들의 습격에 대비하여 침투 예상 지점에 클레이모어*까지 설치했다. 오전에는 아무 일이 없었다. 폭도들의 그림자도 보이지 않았다. 점심 식사를 마치고 휴식을 취하

* 무반동총 : 제2차 세계 대전 때 미국에서 개발한 공격용 포. 가벼워서 보통 어깨에 올려놓고 쏜다.
* 클레이모어 : 대인용 지뢰.

고 있는데 총소리가 났다. 지휘관은 국도변에 전진 배치시킨 청음조로부터 폭도가 출현했다는 보고를 받았다. 그 수가 엄청나다고 했다. 하지만 청음조가 본 것은 송정리비행장으로 이동 중인 11공수 여단의 차량들이었다. 폭도들이 장갑차를 탈취하고 군복으로 위장하는 경우가 많다는 교육 내용을 상기하고 성급하게 판단한 결과였다. 교도대가 들었던 총소리는 11공수 여단의 사격 소리였다.

아홉 명의 사망자와 서른여덟 명의 부상자를 낸 오인 전투는 광주에 투입된 공수 부대와 현지 부대의 지휘 체계 이원화에서 비롯된 결과였다. 중화기를 동원한 기습 공격은 육군 본부가 발동시킨 자위권이 허구임을 입증하는 사건이었다.

강선우는 발소리를 죽이며 도청 광장으로 들어섰다. 어둠에 잠긴 광장은 텅 비어 있었다. 흐린 시야 속으로 뿌연 불빛이 흘러 들어왔다. 도청에서 새어 나오는 불빛이었다. 그는 알고 있었다. 도시가 삶과 죽음으로 선명히 나누어져 있음을. 죽여도 죽여도 죽지 않았던 사람들이 금남로에 가득 차 있었을 때 삶과 죽음은 나누어져 있지 않았다. 그들이 죽음을 두려워하지 않았던 것은 삶과 죽음이 나누어져 있지 않았기 때문이었다. 죽여도 죽여도 죽지 않았던 것은 삶이 죽음이었고 죽음이 삶이었던 까닭이었다. 하지만 지금은 달랐다. 삶과 죽음이 분리되어 있었다. 죽음과 멀리하려는

것이 삶의 본능이다. 금남로가 텅 비어 있는 것은 도청이 죽음의
집인 까닭이었다. 별 없는 하늘 아래서 고통스럽게 지상에 뿌리
박고 있는 도청은 죽음의 집이었다. 삶과 죽음이 이토록 선명하게
나누어진 도시가 일찍이 존재했을까.

　세 번의 총소리와 함께 사슬이 끊어지는 순간 그는 희열에 사로
잡혔다. 몸의 내부 깊숙한 곳에서 솟구쳐 오르는 그것은 해방의
희열이었다. 맺히는 눈물 사이로 길이 어렴풋이 보였다. 그것은
쇠사슬에 이끌려 가는 길이 아니었다. 홀로, 자유롭게 가는 길이
었다. 그 길의 끝에 죽음의 집이 있음을 그땐 몰랐을까?

　날이 저물 무렵 산속 외딴집을 발견했다. 빈집이었다. 옷가지들
이 벽에 걸려 있는 걸로 보아 주인이 피신한 지 얼마 안 된 듯했다.
거의 하루 동안 죽은 듯이 잠을 잤다. 꿈도 꾸지 않았다. 빗소리가
간혹 잠 속으로 흘러 들어왔을 뿐이었다. 잠에서 깨어났을 때는
캄캄한 밤이었다. 비가 많이 왔는지 나무들이 축축했다. 바람이
소리 없이 불어왔다. 바람 속에는 놀랍게도 죽음의 냄새가 없었
다. 숨을 훅 들이켰다. 식물의 향기가 콧속으로 스며들었다. 그것
은 진한 생명의 냄새였다. 눈을 감았다. 달빛에 싸여 춤을 추는 들
판의 모습이 떠올랐다. 춤의 푸르스름한 옷자락이 바람에 쓸리는
눈가루처럼 희끗거렸다. 도시로 들어온 이후 까마득히 잊고 있던
풍경이었다. 파헤쳐진 도시의 살 속에서 피어오르는 죽음의 냄새
는 공기 속에만 떠도는 것이 아니었다. 추억 속으로까지 파고들었

다. 꿈의 풍경을 잃은 추억은 불모의 땅이었다. 그 불모의 땅에서 생명의 율동이 다시 시작되고 있었다.

다음 날 새벽 산속 외딴집을 나왔다. 다행스럽게도 몸에 맞는 옷이 있었다. 군복은 불태웠고 총은 땅에 묻었다. 계엄군의 봉쇄선을 어려움 없이 통과했다. 틈은 어디에나 있는 법이다. 더욱이 그는 혼자였다. 도시는 위기감에 휩싸여 있었다. 그가 외딴집을 떠날 무렵, 계엄군 탱크가 일시적으로 도시에 진입했음을 알았다. 계엄사는 최후통첩을 했고, 도시는 삶과 죽음의 이중 공간으로 분리되고 있었다. 도청은 죽음의 거처였다. 지금 그는 죽음의 거처를 향해 한 걸음 한 걸음 다가가고 있었다.

밤 9시

신부는 피에타 상 앞에 있었다. 두 팔을 축 늘어뜨린 채 부복하고 있는 그의 모습은 또 하나의 시신처럼 보였다. 가톨릭의 형상물 중에서 머턴의 가슴에 가장 깊이 와 닿는 것이 피에타 상이었다. 숨진 그리스도를 끌어안고 있는 마리아의 비통한 모습은 어머니의 사랑과 슬픔을 사무치게 드러내고 있다.

대학 시절 역사학 강의에서 어떤 교수가 말했었다. '인류가 자식 잃은 어머니의 슬픔을 좀 더 깊이 느낄 수 있었다면 역사가 이토록 피의 자국으로 점철되지는 않았을 것이다'라고 머턴의 머릿속에 인상적인 경구로만 남아 있던 교수의 말이 진실로 다가온 것

204

은 인간의 학살을 들여다보아야만 하는 기자 생활을 하면서부터
였다.

고통으로 낳은 자식의 죽음 앞에서 어머니가 드러내는 통절한
슬픔은 한 인간의 생명이 얼마나 소중한 것인가를 전율적으로 깨
닫게 했다. 이 전율은 광주에서 고스란히 재현되고 있었다.

어떤 아주머니 한 분이 목이 잘린 시체의 관 옆에 쪼그리고 앉
아 바지를 만지작거리고 있었다. 바지가 낯익은 모양인지 연방 시
체를 살피다가 아들의 왼쪽 허벅지에 15센티미터 정도의 흉터가
있다고 말했다. 시민군이 바지를 벗기자 그녀가 말한 흉터가 나타
났다. 얼굴 없는 아들의 시체를 부여안고 오열하는 그녀의 모습은
보는 이의 가슴을 저몄다. 어디론가 사라져 버린 아들을 찾아 병
원 시체실을 뒤지고 다니는 어머니들의 모습도 처절했다. 조선대
학교 뒷산에서 생매장되었던 고등학생의 시체를 보았을 때 자식
을 찾아 헤매는 어머니의 모습이 떠오른 것은 우연이 아니었다.
시민군의 증언에 의하면, 땅이 꿈틀거려 파 보니 남자 시체 몇 구
와 함께 그 소년이 있었다고 했다. 병원으로 옮기는 도중에 숨을
거두었다는 소년의 입 안은 피와 흙으로 범벅이 되어 있었다.

인간이 두려운 존재인 것은 자신의 내부에서 무엇을 발견할지
모른다는 사실에 있다. 인간은 존재의 심연에서 짐승처럼 웅크리
고 있는 파괴와 죽음의 가학적 에너지를 보지 못한다. 영원의 세
계에 발을 살짝 걸쳐 놓고 있는 그 교활한 생명은 결코 깊은 잠을

자지 않는다. 인간의 이성이 하도 헐거워 조금만 바람이 불어도 명주 조각처럼 펄럭이기 때문이다. 펄럭이는 틈새로 솟구쳐 오른 검은 짐승이 지상을 피로 물들일 때 인간의 눈은 비로소 자신의 또 다른 모습을 보게 된다. 이 절망적 운명이야말로 어머니의 가슴을 파헤치는 짐승의 발톱이다. 가슴이 파헤쳐진 어머니의 영혼은 누구에 의해서도 위무되지 않는다. 위무할 수 있는 유일한 존재가 죽음의 땅에 누워 있기 때문이다.

시신 같았던 신부의 몸이 움직이기 시작했다. 물결치는 마리아의 옷자락 아래서 신부의 몸은 느리게 움직였다. 머턴은 눈을 크게 떴다. 괴석처럼 무겁게 보였던 그의 몸이 대단히 가볍게 움직이고 있었다. 너무나 가벼워 마리아의 옷을 물결치게 하는 것이 그의 몸인 듯했다. 머턴을 다시 놀라게 한 것은 신부의 표정이었다. 눈물에 젖어 있을 줄 알았던 그의 얼굴이 해맑았다. 두 눈이 소년의 눈처럼 반짝거렸다.

"이 밤중에 웬일이십니까?"

목소리도 밝았다.

"신부님께 묻고 싶은 게 있어서 왔습니다."

"그쪽 숙소는 괜찮던가요?"

오늘 밤 계엄군의 작전이 시작된다는 것을 확인한 머턴은 외신 기자들이 머물고 있는 도청 뒷골목의 여관으로 숙소를 옮겼다. 기자는 가능한 한 현장, 혹은 현장과 가까운 곳에 있어야 했다.

"하느님의 집보다 나은 곳이 있겠습니까."

머턴의 말에 신부는 빙긋 웃었다.

"나에게 궁금한 게 무엇이지요?"

"신부님이 도청에 가셔야 하는 이유를 알고 싶습니다."

"어떻게 아셨습니까?"

"안드레아 신부님에게 들었습니다."

밤 8시 반쯤 몇 가지 필요한 짐을 들고 성당을 나가는데 보좌 신부인 안드레아가 뒤따라왔다. 그의 말은 머턴을 놀라게 하기에 충분했다.

"안드레아가 부질없는 말을 했군요."

"그분은 신부님을 못 가시게 해 달라고 간절히 부탁했습니다."

"부탁을 잘못했군요."

"누구에게 부탁해야 하는지요?"

"하느님이지요. 하지만 그것 역시 아무런 소용이 없겠군요. 하느님이 가르쳐 주신 길이니까요."

"하느님이 신부님께 도청으로 가라고 하셨습니까?"

신부는 고개를 끄덕였다.

"이해할 수가 없습니다."

"알고 싶습니까?"

"알고 싶습니다."

"나는 죄인입니다."

"우리 모두가 죄인이지요."

"사제의 죄는 한층 무겁습니다."

"하지만……."

"기독교인에게 죄가 무엇인지 아십니까?"

"신부님의 생각을 듣고 싶군요."

"하느님의 마음을 아프게 하는 행위입니다. 하느님의 마음을 아프게 한다는 것은 하느님의 아들이신 그리스도의 마음을 아프게 함을 뜻합니다. 사제가 누구입니까? 하느님과의 신비로운 계약을 통해 그리스도의 대리자가 될 것을 서원한 자입니다. 그리스도의 대리자가 되기 위해서는 그리스도의 순명을 따라야 합니다. 인간적 존재인 예수가 신적인 존재인 그리스도로 화한 것은 하느님이 내려 주신 순명을 완전히 지키셨기 때문입니다. 사제란 순명이라는 빛나는 갑옷을 입고 있는 자입니다. 갑옷을 입혀 주신 분은 물론 하느님입니다. 하느님은 당신의 거룩한 손으로 예수 그리스도에게 입혀 주시듯 사제에게 입혀 주셨습니다. 사제의 죄가 얼마나 무거운지 이제 아시겠습니까?"

"신부님이 저지른 죄가 구체적으로 무엇이지요?"

"칼을 든 자를 두려워했습니다."

"인간이라면 누구나 두려워하기 마련입니다."

"그 두려움을 이겨 낸 분들이 적지 않습니다. 그분들은 갑옷을 입지 않았음에도 두려워하지 않았습니다. 하지만 나는 갑옷을 입고서도 두려워했습니다."

"하느님은 용서하시는 분이 아닙니까?"

"그분은 이미 나를 용서하셨습니다."

"그런데 왜 스스로 벌을 받으려 하십니까?"

"도청으로 가는 것은 벌을 받기 위함이 아닙니다."

"그럼 무엇인가요?"

"그리스도의 집이기 때문입니다."

"도청이 그리스도의 집이라구요?"

"그렇습니다. 그리스도의 집이야말로 사제가 가야 할 곳이죠."

"납득이 안 되는군요."

"제자들과 함께한 유월절 식탁에서 그리스도께서는 빵과 포도 주를 주시며 말씀하셨습니다. '이는 내 살이고 피이니라. 내 살을 먹고 내 피를 마시는 이는 영원한 생명을 누릴 것이다'라고 말입 니다. 이 말씀은 우리에게 무엇이 그리스도의 살이며 피인가 하는 중요한 질문을 던집니다."

신부는 피에타 상 주위를 천천히 걷기 시작했다.

"그리스도께서는 두 개의 육신을 갖고 계십니다. 하나는 인간 의 육신이며, 다른 하나는 부활의 육신입니다. 인간의 육신은 유 한하나 부활의 육신은 무한합니다. 십자가의 찬란함은 바로 여기 에 있습니다. 그리스도의 육신을 부활시킨 것은 십자가의 죽음, 그 희생적 사랑이었습니다. 그리스도께서 말씀하신 내 살과 피는 부활의 육신입니다. 부활한 살과 피를 먹는다는 것은 희생적 사랑의 살과 피를 먹는다는 것을 뜻합니다. 그리스도께서 사랑하신 이는 고통받는 사람들이었습니다. 그분의 사랑은 당신과 고통받는 사람들을 일치시키는 완전한 사랑이었습니다. 고통의 극점은 죽음입니다. 그분은 스스로 십자가를 등에 지고 골고다 언덕을 오름으로써 사랑을 완성시켰습니다. 부활은 완성된 사랑이 이룩한 아름다운 기적이었습니다. 이 기적이 굶주린 자에게 먹을 것을 준다면, 목마른 자에게 마실 것을 준다면, 헐벗은 자에게 입을 것을 준다면 그것은 내게 한 일이라는 그리스도 말씀의 참된 뜻을 환하게 밝히고 있습니다."

걸음도 멈춘 신부는 기도하듯 두 손을 마주 잡았다.

"어느 날 죽음의 세력이 우리의 도시를 침입했습니다. 그들은 죽임의 행위를 어둠 속에서 하지 않았습니다. 백주에 했습니다. 그리스도의 십자가를 백주에 세웠듯. 눈이 있는 자는 보았습니다. 보지 않을 수가 없었습니다. 죽음을 보았던 자는 죽음의 기억을 짊어집니다. 십자가를 보았던 자가 십자가의 기억을 짊어지듯 말입니다. 나는 죽음의 기억을 짊어지고 주님께 묻고 또 물었습니다. 죽음의 뜻이 무엇인가를. 주님은 죽음을 두려워한 수치스러운 영혼의 물음에 답하셨습니다. 내 몸이고 내 피라고. 내가 보았던 죽음의 몸은 주님의 몸이고, 내 손을 적셨던 피는 주님의 피라고 말입니다. 그제야 나는 깨달았습니다. 들을 수도 말할 수도 없는

210

청년이 죽음의 고통 속에 있었을 때 주님이 똑같은 고통 속에 있었음을. 생명을 잉태하고 있는 여인의 머리가 으깨질 때 주님의 머리가 으깨지고 있었음을."

신부의 얼굴은 창백했다.

"주님은 인간의 죄에 의해 살해되었습니다. 그 죄를 인류의 눈앞에 드러낸 것이 십자가였습니다. 주님의 육신이 부활하듯 주님의 십자가 역시 시간의 신비 속에서 끊임없이 부활해 왔습니다. 우리가 백주의 거리에서 보았던 희생은 죄를 드러내는 십자가였습니다. 이 십자가를 죽음의 세력들은 은폐하려고 합니다. 보지 못한 자들이 영원히 보지 못하도록 거짓의 형상을 만들고 있습니다. 도청의 젊은이들은 깨닫고 있었습니다. 거짓의 형상을 깨뜨리는 유일한 무기가 골고다 언덕의 십자가임을. 도청이 그리스도의 집인 까닭을 이제 아시겠습니까?"

신부의 입가에 미소가 번져 오르고 있었다. 머턴은 할 말을 잃고 신부의 미소를 멍하니 보았다. 흰색 제의를 입고 성체를 들어올리는 동생의 모습이 떠올랐다. 세상의 죄를 없애신 참된 어린양이시니, 당신의 죽음으로 저의 죽음을 없애시고, 당신의 부활로 저희 생명을 되찾아 주셨나이다. 구슬프면서도 낭랑한 동생의 목소리가 귓전을 맴돌았다. 그가 선택한 수도원이라는 공간은 이상한 곳이었다. 홀로 있으면서 동시에 누군가와 같이 있었다. 자신이 기뻐하는 것을 찾지 않고 하느님이 기뻐하는 것을 찾고 있었다. 그리하여 세상과 근본적으로 다른 곳에 있으면서도 세상 사람들을 위해 기도하고 있었다. 창에 서리가 끼어 있는 수도원의 작은 방에서 동생은 그에게 속삭였다. 이곳은 세상의 끝에 있는 비밀스러운 정원이라고.

밤 10시

도시는 캄캄했다. 상가의 네온사인은 물론이고 가로등마저 꺼져 있었다. 사람들의 모습도 자취를 감추었다. 아무도 없었고, 어떤 소리도 들리지 않았다. 이토록 어둡고 적막한 거리를 김선욱은 본 적이 없었다. 금남로는 그렇게 버려져 있었다. 버려진 거리에서 그는 홀로 혁명의 시간을 추억했다. 한 점 거짓이 없었던 순결의 시간을. 그 순결의 시간이 마주하고 있었던 것은 죽음이었다.

그에게 삶이란 느린 죽음이었다. 세계의 거짓된 혀는 그것이 죽음이 아니라고 속삭이지만, 그는 알고 있었다. 자신의 육신이 거짓의 못에 박혀 깊고 어두운 골짜기에 매달려 있음을. 이것이 그가 삶을 고통스러워했던 진정한 이유였다. 못의 고통 속에서 그가 꿈꾸었던 것은 자유였다. 볕 없는 방에서 홀로 투병하던 동생이 스스로 목숨을 끊은 것은 못의 고통에서 벗어날 수 있는 유일한 길임을 깨달았기 때문이었다. 열여섯 어린 소녀에게는 너무나 가혹한 그 깨달음은 깊고 어두운 골짜기에서 유일하게 빛나고 있는 진실이었다.

진실은 심연이었다. 심연이 불러일으키는 두려움을 견딘다는 것은 쉬운 일이 아니었다. 심연은 끊임없이 그를 쫓았고, 그는 끊임없이 도주했다. 이 도주를 멈추게 한 것이 혁명이었다. 혁명의 거리에서 죽음은 두려움의 대상이 아니었다. 그것은 놀랍게도 꿈이 되어 있었다. 꿈의 심연을 향해 질주하는 사람들의 모습은 아름다웠다. 사람의 모습이 그렇게 아름다울 수 있다는 사실이 경이로웠다. 혁명의 시간은, 사람을 아름답게 만들었던 눈부신 자유의 시간은 너무 짧았다.

주위가 밝아지고 있었다. 하늘을 쳐다보았다. 짙은 구름 사이에서 검푸른 달이 모습을 천천히 드러내고 있었다. 은가루 같은 빛이 떨어지면서 버려진 거리가 창백한 광채를 띠기 시작했다. 그는 숨을 죽이며 거리를 응시했다. 빛의 물결에 휩쓸린 거리는 생명체처럼 움직이고 있었다. 그림자 없는 시간은 흰 새처럼 날개를 치며 버려진 거리를 생명의 세계로 끌어올리고 있었다.

무엇이 몸에 닿았다. 처음에는 무엇인지 몰랐다. 그것이 사람의 몸임을 알았을 때 가슴이 두근거렸다. 보이지 않는 사람의 몸이 그의 몸속으로 파고들었다. 눈을 감았다. 밀착된 두 개의 몸은 서로에게 스며들면서 하나의 몸으로 변하고 있었다. 거리는 어느덧 사람들로 가득 차 있었다. 수많은 몸들이 하나의 몸이 되어 파도처럼 출렁였다. 혁명의 노래가 울려 퍼지고 있었다. 그것은 혼자의 노래이자 모두의 노래였다. 모두의 노래이자 혼자의 노래인 그것은 죽음을 꿈의 심연으로 만들었다. 아무도 홀로 죽지 않았다. 한 생명의 죽음은 모두를 대신하는 죽음이 되었다. 혁명의 거리에는 외로움이 없었다. 홀로 숨 쉬지 않았고, 홀로 울지 않았다. 홀로 굶주리지 않았고, 홀로 열망하지 않았다. 거리는 생명의 불꽃이 회전하는 성좌였다.

노래가 사라지고 있었다. 혼자의 노래이자 모두의 노래가 사라지면서 몸을 가득 채웠던 수많은 생명들이 스러지고 있었다. 눈을 떴다. 창백한 광채에 잠긴 거리는 그의 몸처럼 텅 비어 있었다. 텅 빈 몸속에서 누군가 울고 있었다. 아무도 없는 곳에서 홀로 울고 있었다. 보이지 않는 시간의 심연에서 새어 나오는 울음소리는 창백한 광채와 뒤섞이면서 거리 속으로 물처럼 흘렀다. 그는 알고 있었다. 눈물이 어디로 흘러가는지를. 한 송이 찔레꽃이 피어 있는 곳이었다. 눈물은 꽃의 길을 따라 그렇게 흐르고 있었다. 검푸른 달이 우주 공간을 흐르듯.

자정

5월 25일 오후 2시 30분경 탄약 검사반을 도청에 은밀히 침투시켜 수류탄 279발, 최루탄 170발을 분해한 데 이어, 26일 밤 9시경에는 전교사 문관 네 명을 도청에 잠입시켜 8톤 분량의 TNT와 수류탄 496발의 뇌관을 제거하는 데 성공한 계엄사는 진압 작전에 박차를 가했다.

도청과 전일 빌딩, YWCA와 광주공원 등 시민군 주요 거점의 점령 임무는 공수 부대 특공조에게 주어졌다. 20사단은 특공조 장악 지역을 인계받아 시 전역을 점령하는 임무를 맡았다. 20사단이 동원하는 장비는 전차 열여덟 대, APC 아홉 대, 지휘용 500MD 한 대와 무장 전투용 500MD 네 대 등 헬리콥터 아홉 대, 차량 40여 대였다. 전교사 병력은 시 외곽 봉쇄 임무를, 31사단은 광주 북부 일부 지역의 점령을 맡았다. 이 작전에 투입된 계엄군 병력은 장교 276명(공수 여단 37명 포함), 사병 5,892명(공수 여단 280명 포함)이었다.

오후 6시에 작전 예행연습을 완료한 공수 부대 특공조가 광주 시내를 향해 이동을 시작한 것은 밤 11시경이었다. 20사단 병력으로 위장하기 위해 일반 보병 전투복으로 바꿔 입고 방탄조끼를 착용했다.

그 시각 도청의 항쟁 지도부는 외곽에 배치된 시민군 현황을 점검하고 있었다. 광주 시내 주 진입로인 계림초등학교와 유동 삼거리, 학동 방면에 각각 30여 명의 시민군이 배치되어 있었다. LMG 기관총이 설치된 전일 빌딩에는 40여 명, 전남대 대학 병원에는 인원 미상의 시민군이 경계하고 있었고, 야전군 본부 역할을 했던 광주공원에는 1개 중대 정도의 시민군이 있을 것으로 추측했다. 도청에는 기동 타격대 8개조와 순찰대 병력 1백여 명, 경비 병력 50여 명과 70여 명의 지도부 간부와 대학생들이 있었다.

하지만 어느 곳도 정확한 수가 아니었다. 명단조차 만들 수 없었던 조직의 한계가 여실히 노출되고 있었다.

가두 행진이 끝난 후 150여 명의 시민들이 계엄군과 싸우겠다고 남았다. 군 제대자로 총을 쏠 수 있는 이들이 80여 명 정도였고, 나머지 70여 명은 군 경험이 없는 청년과 고등학생들이었다. 여학생도 10여 명 있었다. 군 제대자는 외곽 지역에, 나머지 사람들은 YWCA와 도청으로 분산 배치했다. YWCA에는 들불야학을 중심으로 한 투사회보 팀과 극단 광대의 단원들, YWCA 여성 간사들과 대학생들이 모여 있었다. 투사회보와 궐기대회 때 발표했던 문건 등의 자료들을 안전한 곳으로 옮겼으며, 비상시 여성들을 피신시키기 위해 옆 건물로 건너갈 수 있는 사다리를 설치했다.

항쟁 지도부는 고등학생은 집으로 돌려보내는 것을 원칙으로 했다. 하지만 총을 놓지 않으려는 학생들이 있어 그들과 눈물의 싸움을 벌여야 했다. 끝까지 고집하는 학생에게는 전화를 걸어 부모의 허락을 받도록 했다. 대학생에게는 자신이 도청에 있다는 사실을 가족에게 알리도록 권유했다. 도청으로 전화가 쉴 새 없이 걸려 왔고, 부모의 간절한 호소를 차마 뿌리치지 못해 귀가하는 이들도 있었다. 어떤 이들은 도청을 잠깐 빠져나가 가족을 만난 후 되돌아왔다.

밤 10시경에는 YWCA 방어를 책임지고 있는 빈민 운동가 박용준이 아내와 작별했다. 그동안 도청에서 항쟁 지도부의 일을 도왔던 아내를 아이들이 기다리는 집으로 보내기로 한 것이다. 고아로 외롭게 자랐던 박용준은 아내에게 '애들이 아빠를 보고 싶다고 보채거든 내일은 한 번 데리고 나오라'고 목멘 소리로 말했다. 사람들의 시선 때문에 남편을 껴안을 수도, 가슴에 안길 수도 없었던 아내는 소리를 죽이며 흐느끼기만 했다.

아내를 집으로 보낸 박용준은 자신의 죽음을 예감한 듯 유언의 글을 썼다. 훗날 발견되어 그의 벗들을 오랫동안 울렸던 글의 내용은 이랬다.

'우리의 피를 원한다면 하느님, 이 조그마한 몸의 희생으로 자유를 얻을 수 있다면 희생하겠습니다. 하느님, 나는 무엇입니까. 너무 가냘픈 존재올시다. 너무 비참한 생활을 하고 있는 자올시다. 주님, 한 점 부끄럼 없는 삶을 위해 살려고 노력했습니다……. 하느님, 어찌해야 좋겠습니까. 양심이 무엇입니까. 왜 이토록 무거운 멍에를 메게 하십니까. 이렇게 주님에게 갈급하게 구해야만 세상일을 할 수 있을까요? 그렇다면, 하렵니다. 하느님, 도와주소서…….'

5월 27일 새벽 1시

김선욱의 규칙적인 숨소리를 확인한 박태민은 가만히 몸을 일으켰다. 소파에서 잠든 그의 얼굴은 평화로웠다. 박태민은 미소를 지으며 김선욱의 얼굴을 내려다보았다. 턱수룩이 자란 수염 때문에 햇빛에 탄 얼굴이 더욱 검게 보였다. 입술도 부르터 있었

다. 지난 열흘 동안 제대로 자거나 세끼 식사를 한 적은 단 하루도 없었다.

전화선이 끊어진 지 한 시간이 지났건만 외곽 지역에서 전투가 벌어졌다는 소식은 없었다. 수면 부족과 긴장으로 피로가 누적된 시민군들은 하나 둘 잠 속으로 빠져 들었다. 죽음의 불안 속에서 시간이 느리게 흐르기를 바라면서도 한편으로는 어서 날이 새었으면 하는 모순된 갈망에 사로잡혀 있는 그들에게 잠은 아늑한 집이었다. 아늑한 집 속에 평안히 잠겨 있는 김선욱의 모습은 참으로 보기 좋았다.

박태민은 살며시 문을 열고 나왔다. 복도에는 아무도 없었다. 창가에 선 그는 불빛 한 점 없는 도시를 바라보았다. 공수 부대를 물리쳤던 5월 21일 밤의 시가지도 저랬다. 사람들은 캄캄한 어둠 속에 스스로를 가두었다. 하늘은 싸늘했고, 어둠은 콜타르처럼 짙었다. 해방 광주는 죄인의 도시였다. 모든 시민이 죄인이었다. 죄인이 아닌 시민은 없었다. 그들이 죄인인 까닭은 죄를 목격했기 때문이었다. 죄를 저지른 자들은 죄인이 아니었다. 그들이 살해한 것은 생명만이 아니었다. 진실도 살해했다. 최후의 희생이 필요한 까닭은 여기에 있었다.

다이너마이트의 뇌관이 계엄군 첩자들에 의해 제거되었음을 알았을 때 차라리 안도했다. 그것은 계엄군 작전을 지연시키기 위한 위협용이었을 뿐 자폭의 도구가 아니었다. 항쟁 지도부 중 이 사실을 모르는 이는 한 사람도 없었다.

누군가가 뒤에 있는 것 같았다. 발자국 소리는 듣지 못했으나 미세한 움직임이 느껴졌다. 고개를 돌렸다. 흐릿한 형광등 불빛 아래 한 남자가 서 있었다. 깡마른 얼굴에 키가 컸다. 그늘진 두 눈은 충혈되어 있었고, 약간 벌어져 있는 입술은 얇고 창백했다. 낯선 얼굴이었다.

강선우는 손을 내밀고 싶었다. 다정한 인사의 말도 건네고 싶었다. 하지만 입만 약간 벌어졌을 뿐 아래로 축 쳐진 두 손은 꿈적도 하지 않았다. 안개 자욱한 들판이 떠올랐다. 나는 알지. 저곳에 한 그루 나무가 서 있음을. 피와 비명을 지우는 한 그루 나무가. 그 나무가 나를 끌어안으며 속삭였어. 여기는 위험하니 돌아가라고. 나는 돌아가지 않을 수 없었지. 하지만 너무 멀었어. 꿈 밖의 세계로 간다는 것이. 그래서 다시 돌아왔을까. 한 그루 나무가 있는 곳으로.

핏물 질펀한 땅에 나무처럼 서 있었던 사내가 선택할 곳은 분명했다. 도시가 삶과 죽음의 공간으로 나누어져 있음을 안 순간 그 것을 직감했다. 칼이 뺨을 긋고 있음에도 사내의 시선은 먼 곳에 있었다. 강선우는 정말 궁금했다. 사내가 보고 있었던 것이 무엇인지를.

박태민은 살짝 웃었다. 해방 광주의 마지막 밤을 함께하고 있는 동지에게 보내는 다정한 웃음이었다. 그들은 서로 마주 서 있는 관계가 아니었다. 나란히 서서 죽음을 향해 함께 걸어가는 이들이었다. 영혼을 나누지 않으면 불가능한 모습이었다. 도청을 감싸고 있는 것은 칠흑 같은 어둠이 아니라 사랑이었다. 한 걸음 다가갔다. 남자의 태도가 어딘지 부자연스러웠다. 그늘진 두 눈에 머뭇거림과 불안이 엿보였다.

"내가 기억나지 않나요?"

남자의 목소리는 낮고 느렸다. 목소리에 숨소리가 섞여 있어 중얼거리는 것 같았다. 박태민은 남자의 얼굴을 유심히 살폈다. 어디선가 보았다는 느낌이 들긴 했으나 구체적으로 떠오르는 기억이 없었다. 도청 안에서 보았을까? 아닌 것 같았다.

"당신은……."

남자의 목소리가 갑자기 높아졌다. 그도 자신의 목소리에 놀라는 듯했다.

"나를 구해 주었지요."

그는 빠르게, 속삭이듯 말했다.

"내가 당신을 구했다구요?"

"그때 난 대열에서 이탈해 있었습니다."

"……."

"당신은 무너지는 나를 일으켜 세웠지요. 그리고 돌아가라고 했어요. 여기는 위험하니 돌아가라고."

시간의 저편에서 기억의 풍경이 굽이치며 다가오고 있었다. 저문 하늘과 피투성이 대지가 보였다. 자유와 죽음의 물결에 휘감긴 지상은 황혼에 잠겨 있었다. 그 황혼 속에서 대검을 움켜쥐고 다가오는 병사가 있었다. 깡마른 얼굴은 길쭉했고, 파란 불을 뿜고 있는 두 눈은 움푹 파여 있었다.

"그럼 당신이……."

남자는 말없이 고개를 끄덕였다. 어깨를 움켜쥐고 대검을 치켜 세운 병사의 얼굴이 선명하게 떠올랐다. 그때 나는 무엇을 했던가. 눈발 흩날리는 겨울 들판에서 무릎 꿇고 울고 있는 나를 보고 있었지. 아, 그때 우린 동시에 숨을 쉬고 있었어. 피의 거리에 서 있는 나와 겨울 들판에 무릎 꿇고 있는 나는. 무엇이 두 존재를 그렇게 잇고 있었을까. 그 아득한 시간의 거리를.

눈앞의 사내는 그때처럼 우두커니 서 있기만 했다. 놀라지도 않았다. 두 눈을 들여다보았다. 흐려진 눈은 여전히 먼 곳을 향하고 있었다. 그가 보고 있는 것은 도대체 무엇일까? 그때의 아픔이 되살아나고 있었다. 어깨가 쑤셨고 등살이 아팠다. 뺨을 타고 흐르는 피도 느껴졌다. 선지피가 엉긴 소맷자락은 무거웠다. 피의 무게가 몸을 짓누르기 시작했다. 다리에 힘을 가했다. 육신에 총탄 박히는 소리가 들렸다. 몸 안에서 경련이 일었다. 시체가 보였다.

222

자신이기도 하고 타인이기도 한 시체가 차가운 땅에 누워 있었다. 그는 알고 있었다. 살인자가 누구인지를. 진정으로 살해당한 자가 누구인지도.

무릎이 꺾이고 있었다. 입술을 깨물었다. 지금 그의 유일한 욕망은 나무처럼 서 있는 것이었다. 하지만 피의 무게를 견딜 수가 없었다. 눈을 감았다. 노을 가득한 서녘 하늘이 보였다. 황혼이 지고 어둠이 내리면 등불 하나 켜지리라. 아주 작은 등불 하나가. 무릎이 바닥에 닿는 것을 어렴풋이 느꼈다. 그는 사내에게 고백하고 싶었다. 여기에 온 까닭은 더 이상 살해당하고 싶지 않기 때문이었노라고.

새벽 2시

"시민 여러분, 지금 계엄군이 쳐들어오고 있습니다. 사랑하는 우리 형제, 우리 자매들이 계엄군의 총칼에 숨져 가고 있습니다. 우리 모두 일어나서 계엄군과 끝까지 싸웁시다. 우리는 광주를 사수할 것입니다. 우리를 잊지 말아 주십시오. 우리는 최후까지 싸울 것입니다. 시민 여러분, 계엄군이 쳐들어오고 있습니다……."

새벽 2시, 애절한 여성의 목소리가 어둠에 싸인 도시의 적막을 갈랐다. 똑같은 말을 애원하듯, 절규하듯, 격정적으로, 날카롭고 구슬프게 되풀이하는 여성의 목소리는 삶의 동굴에서 어둠의 끈으로 자신과 가족의 몸을 친친 동여매고 있던 이들의 가슴속으로 아프게 파고들었다. 피의 전투가 처참하게 전개되고 있었던 5월 20일 밤, 한 여성의 뜨겁고 격렬한 선동의 목소리를 기억하고 있던 시민들은 다시 한 번 전율했다. 하지만 두 여성의 목소리는 근원적으로 달랐다.

5월 20일 밤의 목소리가 삶과 죽음을 혼용시키기 위한 목소리였다면, 5월 27일 새벽을 깨친 목소리는 스스로 홀로된 죽음이 삶에게 보내는 작별사였다. 그 작별은 비장하고 쓸쓸하고 애틋했다. 계엄군이 쳐들어오니 우리에게로 다시 돌아와 함께 싸우자고 호소하고는 있지만, 작별을 장식하는 휘장일 뿐이었다. 삶과 죽음의 경계선에서 방황하고 있던 몇몇 젊은이들이 휘장의 비애 속으로 뛰어들기는 했으나, 우리를 잊지 말라는 것이야말로 해방 광주의 마지막 전사들이 지상에 영원히 새기고 싶어 했던 언어였다.

새벽 4시

도청에서 첫 총소리를 들은 것은 3시 반경이었다. 계림동 쪽이었다. 그곳에는 30여 명의 시민군이 예비군 중대장의 지휘를 받고 있었다. 계엄군으로부터 배후와 측면을 역습당한 그들은 곧 붕괴되었다. 계림동에 이어 지원동, 화정동 등지에서 잇따라 전투가 벌어졌다. 상황실의 무전기는 현지 시민군의 숨 가쁜 목소리들을 연방 토해 내고 있었다. 계엄군은 포위망을 빠르게 압축하고 있었다. 방어가 불가능하다고 판단한 상황실은 도청 복귀를

명령했다. 그에 따라 외곽으로 출동했던 시민군들이 도청으로 속속 들어왔다.

항쟁 지도부는 정문 앞에 군용 트럭 다섯 대로 바리케이드를 만들고 도청 담장을 따라 전면과 측면에 시민군을 집중 배치했다. 건물 안의 시민군들은 1층부터 3층까지 광장으로 향한 복도 유리창을 전부 깨뜨린 후 방어에 임했다.

계엄군의 총소리가 점점 가까워지고 있었다. 탱크의 굉음 소리도 들렸다. 어둠과 뒤엉킨 시간은 싸늘한 새벽 공기를 헤치며 느리게 흘렀다. 총소리가 돌연 멎었다. 기이한 정적이었다. 흐린 별들이 먼 하늘에서 꺼져 가는 등불처럼 가물거렸다. 도청 맞은편 상무관 건물에서 검은 그림자가 보였다. 계엄군 특공조였다. 그들의 움직임은 야행성 동물처럼 기민했다.

"아직 쏘지 마!"

누군가가 갈라지는 목소리로 외쳤다. 위쪽에서 금속성의 둔탁한 소리가 났다. 헬기 프로펠러 소리였다. 펑 하는 소리와 함께 주위가 대낮처럼 밝아지면서 기관총탄이 쏟아져 내렸다. 계엄군 특공조의 사격도 시작되었다. 귀를 찢는 총성과 비명, 수류탄의 파열음, 날카로운 분홍빛 예광탄이 새벽을 뒤흔들었다. 시간이 지나면서 계엄군의 M16 소리가 커지는 반면에 시민군의 카빈 소리는 줄어들고 있었다. 후문 방어선이 먼저 무너졌다. 잠시 후 정문 방어선을 돌파한 계엄군은 도청 건물을 둘러쌌다.

새벽 4시 30분

어슴푸레한 빛 속에서 계엄군의 모습이 보였다. 계엄군은 벽에 몸을 바짝 붙이고 한 걸음 한 걸음 다가오고 있었다. 박태민은 지금까지 풀지 않았던 총의 안전장치를 조심스럽게 풀었다. 숨을 훅 들이켰다. 청결한 냄새가 콧속으로 스며들었다. 소년의 피 냄새였다. 어젯밤 도청 무기고 앞에서 누나가 공수 부대에 의해 잔인하게 살해당했다면서 자기에게도 총을 달라고 울부짖었던 소년이었다. 본인은 고등학생이라고 주장했으나 중학생처럼 어려 보였다. 아무리 타일러도 소용이 없었다. 소년의 처절한 울음소리는 지도부 청년들까지 울게 만들었다. 결국 소년은 총을 받았고, 예비군 대위에게 총기 조작법을 배웠다. 그 소년을 다시 본 것은 계엄군이 서치라이트*를 비추며 항복을 권유하고 있을 때였다. 카빈총을 움켜쥐고 창밖을 노려보고 있는 소년의 얼굴이 서치라이트 불빛 속에서 떠올랐다. 푸른빛이 서린 동그란 얼굴은 죽음과 마주하기에는 너무 연약했다. 시민군의 총에 서치라이트가 산산조각이 나자 총탄이 비 오듯 쏟아졌다. 박태민은 소년을 응시했다. 아주 어둡지 않아 몸의 윤곽과 움직임이 비교적 잘 보였다. 소년의 정신은 온통 사격에 몰두해 있었다. 팽팽히 긴장된 몸의 움직임에서 그것을 느꼈다. 표적을 조준하고 있는 소년의 눈빛이 박태민의 의식 안으로 뚫고 들어오는 것 같았다. 소년이 짧은 비명

* 서치라이트 : 탐조등.

과 함께 쓰러진 것은 잠시 후였다.

달빛이 밝아지면서 계엄군의 모습이 또렷해지고 있었다. 헬멧에 부착된 흰 띠와 매끄러운 총신이 보였다. 어깨에 총을 밀착시킨 박태민은 표적을 조준했다. 손끝에 닿는 금속의 감촉이 서늘했다. 숨을 멈추었다. 예민해진 신경은 계엄군의 눈빛까지 느끼고 있었다. 그는 알고 있었다. 지금 방아쇠를 당겨야 한다는 것을. 그러면 총탄은 정확하게 표적을 관통할 것이다. 하지만 그는 동시에 알고 있었다. 자신에게는 방아쇠를 당길 힘이 없음을. 운명은 빛보다 빠르게 그에게 속삭이고 있었다. 너는 죽이는 자가 아니라 죽음을 당하는 자라고. 그 죽음 너머에 광야가 있었다. 장려한 불꽃을 향해 직선으로 달려가는 전사들의 광야가.

가슴에 예리한 통증이 일었다. 어떤 날카로운 물체가 가슴을 찢어 헤치는 것 같았다. 깊은 비명이 뜨거운 불덩이처럼 목구멍을 타고 올라왔다. 눈앞이 흐려지고 있었다. 사물의 윤곽이 지워지면서 형태가 사라져 갔다. 시선이 느껴졌다. 누구의 시선인지 그는 알고 있었다. 그녀는 눈처럼 하얀 이를 드러내며 웃고 있었다. 몸이 흔들리는 것 같았다. 누군가가 그의 몸을 흔들며 부르는 듯했다. 하지만 그의 눈은 먼 곳을 향하고 있었다. 그녀의 손이 어딘가를 가리켰고, 그의 눈길은 그녀의 손을 따라갔다. 거기, 눈발 흩날리는 겨울 들판이 있었다. 죽음이 있었던 곳, 그 죽음 앞에 무릎 꿇고 울었던 곳, 모든 것이 일어났으나 동시에 아무것도 일어나지 않았던 곳. 그곳을 향해 그는 천천히 걸어갔다. 꿈속을 걷듯이. 그림자처럼.

아침 7시 30분

해방 광주의 심장부 도청이 3공수 여단 특공조에 의해 점령된 시각은 새벽 5시 20분경이었다. 소준열 전교사 사령관은 이희성 계엄 사령관에게 작전 종료를 보고했고, 광주 KBS 방송은 계엄군의 도청 점령 소식을 되풀이 방송했다. 저항이 끝난 도시는 고요했다.

신군부 인사들이 전교사 사령부에서 성공적인 작전을 자축하고 있던 7시 30분경, 장갑차 열네 대가 엄청난 굉음을 내며 금남로에서 도청 방향으로 이동하고 있었다. 한국 전쟁 이후 처음 시가지에 등장한 이 무장 전차 행렬은 개선 행진이자 무력시위였다. 그 시각 도청의 계엄군들은 시민군 시신들을 옮기고 있었다. 병사 두 명이 한 조가 되어 시체 한 구씩 끌어다 정문 앞에 대기 중인 4톤 트럭에 던져 올렸다. 포로가 된 시민군들은 트럭에 실려 군 부대로 이송되었다.

계엄사는 진압 작전 중 민간인 열일곱 명이 사망했다고 발표하면서 무기 내놓기를 거부한 자들이라고 덧붙였다. 그러나 도청에서 살아남은 이들은 사망자 수가 철저히 조작된 것이라고 훗날 증언한다. 포로로 붙잡혀 사형 선고를 받고 복역 하다가 1982년 12월에 석방된 해방 광주의 상황 실장 박남선은 당시 도청 안에는 5백 명에서 6백 명 정도 있었다고 증언했고, 진압 작전을 지휘했던 전교사 사령관 소준열은 360여 명이 있었다고 증언했다. 5월 27일 새벽 도청에서 포로로 붙잡힌 시민군은 2백 명이었다. 겹겹이 에워싼 계엄군의 포위망을 뚫고 도청을 빠져나간다는 것은 불가능했다. 그러므로 도청에서의 사망자만 160명에서 4백 명 사이가 된다. 이에 비해 도청 탈환 작전을 수행했던 3공수 특공조의 피해는 부상두 명이 전부였다. 전투력의 우열만으로는 도저히 납득되지 않는이 결과는 시민군의 대응 자세에서 비롯된 것이었다.

전투 초기에는 시민군들의 사격이 적극적이었다. 특공조가 어둠에 몸을 은폐하고 있었기 때문이었다. 그러니까 어둠을 향해 무작정 총을 쏜 셈이었다. 방어선이 무너지고 특공조가 건물로 접근하면서 상황이 달라졌다. 표적의 실체가 눈에 보이자 차마 방아쇠를 당기지 못했다. 시민군 중에서 총을 처음 만져 본 이들이 적지 않았을 뿐 아니라, 총기 조작에 능숙한 군 세대자라 할지라도 인간을 표적으로 하는 사격에는 낯설었다. 한 생명을 살해한다는 것이 그만큼 어려웠다. 시민군 총사령관 역할을 했던 박남선조차 접근하는 계엄군을 향해 조준까지 했으나 끝내 방아쇠를 당기지 못했다. 그들이 총을 든 것은 승리하기 위함이 아니었다. 승리를 믿었던 이는 아무도 없었다. 계엄군을 죽이기 위함도 아니었다. 그들이 총을 든 것은 패배하기 위함이었고, 침몰하는 해방 광주와

함께하기 위함이었다.

5월 31일 계엄 사령부는 '광주 사태 전모'를 발표하면서 사태 기간 동안 민간인 총 사망자 수가 144명이라고 주장했다. 도청의 최소 사망자 수에도 못 미치는 것이었다. 그 후 몇 차례 수정을 되풀이하지만 항쟁을 겪은 이들은 아무도 그것을 믿지 않았다. 이 죽음의 어둠 속에 김선욱과 강선우, 도예섭 신부가 묻혀 있었다.

김선욱은, 가슴과 옆구리 총상으로 숨진 박태민을 끌어안고 오열하다가 계엄군의 피격으로 절명했다. 강선우는 박태민의 시신을 근처 회의실로 옮긴 후 흰 무명천으로 덮어 주던 중 뛰어 들어온 계엄군의 집중 사격을 받고 숨졌다. 그의 손에는 총이 없었다.

도예섭 신부의 시신이 발견된 곳은 도청 본관 건물 앞마당이었다. 그를 발견한 계엄군은 고개를 갸웃거렸다. 몸에 총상의 흔적이 없는 것으로 보아 건물에서 떨어진 것 같았다. 그런데 입과 머리에서 피가 약간 흘러나왔을 뿐 전체적으로 몸이 온전한 편이었다. 손에 무엇을 움켜쥐고 있어 펴 보니 은빛 십자가였다. 계엄군은 죽은 이가 기독교 신자라고 생각했다. 그가 신부임을 몰랐던 것은 평복 차림인 까닭이었다.

역사의 영혼

1989년 11월 10일 새벽 1시, 베를린

"저 장벽이 무너지다니, 난 지금도 믿어지지 않아요. 꼭 꿈을 꾸고 있는 듯한 느낌입니다."

동독이 고향이라는 잉고 카르겔의 얼굴은 그의 말처럼 꿈꾸는 듯한 표정이었다. 머턴이 그 남자 앞에 걸음을 멈춘 것은 쇠붙이로 장벽을 두드려 깨면서 울고 있었기 때문이었다. 그가 들고 있는 쇠붙이는 타이어 교체용 지렛대였다.

"고향에서 버스로 이곳까지 20분이면 옵니다. 하지만 난 2천4백 킬로미터를 돌아서 이곳에 왔습니다. 참으로 먼 길이었습니다. 내 첫아이는 그 길 위에서 태어났습니다. 아내가 무척 힘들어했지요. 그땐 장벽이 저렇게 무너질 줄 꿈에도 몰랐습니다. 그걸 알았다면 그토록 힘든 여행을 하지 않았을 겁니다. 이제 난 반 시간이면 고향에 갈 수 있습니다. 아시겠어요? 다시는 못 갈 것 같았던 고향을 반 시간에 갈 수 있단 말입니다. 이게 꿈이 아니고 뭡니까! 내 오늘 이 장벽 조각을 꼭 가져갈 겁니다."

그러면서 다시 장벽을 두드리기 시작했다. 머턴은 고개를 끄덕였다. 그에게 장벽 조각은 분명 꿈의 한 부분이었다. 인생에서 꿈의 한 부분을 가질 수 있다는 것은 커다란 축복이다.

"자, 이것 보세요. 이 보잘것없는 콘크리트 조각이 고향 가는 길을 가로막고 있었다니……."

잉고 카르겔은 활짝 웃으며 떼어 낸 장벽 조각을 머턴에게 내밀었다. 그의 목소리는 높고 쾌활했다. 한국에 있을 때 실향민을 만나는 기회가 간혹 있었다. 그들의 꿈도 한결같이 고향에 가는 것이었다. 머턴이 이해할 수 없었던 것은 꿈에 대응하는 그들의 행위였다. 남북 교류는 그들이 고향에 갈 수 있는 가장 현실적인 방법이다. 통일은 그 훗날의 문제다. 동서독 간의 교환 방문이 실현된 것은 1963년이었다. 1963년 12월 19일부터 1964년 1월 5일 사이에 서베를린 시민 130여만 명이 동독의 가족과 친지를 방문했다.

교환 방문이 이루어지기 위해서는 남북한이 가까워져야 한다. 그런데 한국의 실향민들은 북한과 적대적 관계를 통해 권력을 강화하는 군사 독재 체제를 지속적으로 지지해 왔다. 이 희한한 모순을 가능하게 한 것이 반공 이데올로기였다.

1989년 6월 서독을 방문한 고르바초프는 베를린 장벽에 대해

'그것이 만들어졌던 제 조건이 사라지면 자연히 없어질 것'이라고 말했다. 냉전 체제가 바로 '그것이 만들어졌던 제 조건이다. 베를린 장벽이 무너졌다는 것은 냉전 체제가 무너졌음을 뜻하며, 냉전 체제의 틀인 반공 이데올로기가 무너졌음을 뜻한다. 이 문명사적 전환이 강고한 분단 구조 속에 갇혀 있는 한반도에 새로운 인식의 틀을 요구함은 물론이다. 그 첫 번째 과제가 북한의 반미와 남한의 반공이라는 증오의 이데올로기로부터의 탈피다.

사회주의 체제의 변화가 단기적으로 북한 체제를 더욱 경직시킬지는 모르나 새로운 문명사의 흐름을 거역할 수는 없을 것이다. 사회주의 경제 분업이 급속히 무너지고 있는 현실 속에서 개방은 피하기 힘든 현실로 다가올 것이다. 북한은 아마도 쇄국 정책의 빗장인 반미 이데올로기를 대단히 조심스럽게 뺄 것이다. 이 과정에서 남한의 역할은 아무리 강조해도 지나침이 없다.

남한의 반공 이데올로그*들의 가장 큰 착각은 반공 이데올로기 체제의 고수가 자유 민주주의의 고수라고 생각하는 것이었다. 체제 유지를 위해 반공 이데올로기가 자유 민주주의를 앞설 수밖에 없었던 시대가 있었다. 이 불행한 시대가 만들어 낸 것이 좌파 사상에 대한 본능적 적의였다. 그들에게 좌파 사상은 자유 민주주의를 훼손시키고 북한을 이롭게 하는 사회악일 뿐이었다. 한국 전쟁

* 이데올로그(idéologues) : 특정 계급의 입장이나 당파를 대표하는 이론적 지도자를 이르는 말.

이 만들어 낸 이 원시적 도그마*를 냉전 체제 해체 이후에도 견지하려고 한다면, 어떤 논리도 그들을 극단주의자의 모습에서 벗어나게 하지 못할 것이다. 자유 민주주의의 진정한 적은 극단주의다. 극단주의의 모습이 적나라하게 드러난 것이 광주 학살이었다.

전두환의 집권 과정에서 머턴을 당황하게 한 것은 한국 국민의 태도였다. 상당수의 국민들이 광주가 조속히 진압된 것에 대해 다행스럽게 생각하고 있었다. 그들은 국가 폭력과 자유 민주주의의 훼손보다는 광주 사태로 인한 안보의 약화를 더 걱정했다. 반공 이데올로기의 위력을 잘 알고 있는 신군부가 북한 카드를 유효적절하게 이용한 결과였다. 광주 학살의 야만성에 놀랐던 세계의 지식인들은 학살 주역에 대한 한국 국민의 지지 혹은 묵인에 다시 한 번 놀랄 수밖에 없었다.

한국의 언론 역시 머턴을 적잖이 당혹하게 만들었다. 모든 언론 매체들이 전두환 찬양에 화음을 맞추고 있었다. 계엄령하에서 언론의 자유를 기대한다는 것은 지나친 욕심이다. 하지만 강요에 의해 펜을 드는 행위와 자진해서 펜을 드는 행위는 근본적으로 다르다. 정부가 대주주인 언론의 경우 애써 이해를 하고자 한다면 못할 것도 없지만 정부와 독립된 일부 언론들이 찬양의 화음에 앞장서는 모습은 정말 이해하기 힘들었다. 언론이 진정 무서운 것은 진실을 밝히는 힘을 갖고 있기 때문이 아니라 진실을 훼손시키는

*도그마 : 독단적인 신념이나 학설.

힘을 갖고 있기 때문임을 머턴은 아프게 깨달았다. 하지만 진실의 뿌리까지 훼손시킬 수는 없었다. 박태민의 예언은 정확했다. 한국의 젊은 혼들은 어둠의 하늘을 가르는 불꽃을 보고 있었다. 해방 광주가 진실의 성소(聖所)임을 알리는 그 불꽃은 젊은 혼들을 격동시켰다. 격동된 혼의 전사들은 전두환 정권과 치열한 전쟁을 벌였다. 피의 정권, 진실의 무덤 위에 세운 부도덕한 정권과의 타협은 불가능했다. 전사들의 무기는 강렬한 도덕적 분노와 '살아남은 자의 슬픔'이었다.

유신 체제 7년 동안 제적 학생은 786명이었다. 그런데 5·17 이후 1983년 말의 복교 허용 조치 때까지 3년 반 동안 제적 학생은 무려 1,363명이었다. 수많은 학생들이 투옥되었고, 스스로 노동자가 되었다. 자기희생의 결단 없이는 불가능한 선택이었다. 이 희생의 구체적 결실이 1987년 불꽃처럼 솟아올랐던 6월 민주 항쟁이었다.

광주 항쟁은 계엄령을 선포하고 군대를 동원하면 정치적 위기를 타개할 수 있다는 군부 세력의 전통적 자신감에 쐐기를 박은 사건이었다. 광주 시민들의 죽음에 이르는 저항은 인간의 존엄성을 허용하지 않는 군부 독재의 비민주적 본질을 세계인들에게 여지없이 드러내었다. 6월 민주 항쟁이라는 국민적 궐기에 직면했던 전두환 군사 정권이 군대를 동원하지 못했던 것은 광주의 기억 때문이었다. 광주 항쟁은 6월 민주 항쟁의 모태였다.

폭죽 터지는 소리가 들렸다. 형형색색의 불꽃이 어두운 하늘을 수놓고 있었다. 9년 전 5월 광주의 작은 여관 창가에서 보았던 조명탄의 불꽃이 떠올랐다. 도청을 환히 밝히고 있었던 그것은 생명을 살해하기 위한 불꽃이었다. 죽음의 불꽃은 창백했다. 창백한 불꽃에 싸인 도청은 연옥의 풍경이었다. 이 연옥 속에서도 박태민과 도예섭 신부는 여전히 미소 짓고 있었다. 한 사람은 상냥하게, 또 한 사람은 천진하게.

박태민은 자신의 죽음을 통해 더 큰 삶을 꿈꾸고 있었다. 그의 꿈은 명료했다. 박태민의 상냥한 미소는 명료함에서 우러나온 것이었다. 하지만 신부의 미소는 달랐다. 그의 죽음은 박태민만큼 명료하지가 않았다. 신부의 말을 이해 못한 것이 아니었다. 이해를 넘어서서 머턴을 놀라움 속에 빠뜨렸다. 그럼에도 신부의 미소는 늘 안개에 싸여 있었다. 자욱한 안개 없이 그의 천진한 미소를 떠올릴 수가 없었다.

도청을 가기 위해 사제관에서 나온 신부의 모습에 머턴은 깜짝 놀랐다. 평복 차림이었다. 로만 칼라가 없는 그의 모습은 어색하다 못해 초라해 보이기까지 했다. 어리둥절해 있는 그에게 신부는 지나가는 말로 한마디 던졌다. 혼자만 갑옷을 입고 있으면 쑥스럽지 않겠느냐고.

두 사람은 도청을 향해 말없이 걸었다. 신부가 두세 걸음 앞섰다. 인적이 끊어진 거리의 정적은 무섭도록 깊었다. 세상과 격리된 깊은 골짜기 속을 걷는 느낌이었다. 하지만 신부는 달랐다. 그의 걸음걸이는 대단히 가벼웠다. 너무나 가벼워 물 위를 걷는 게 아닌가 생각될 정도였다.

해방 광주가 와해되었던 5월 27일 저녁, 머턴은 박태민에게 초점을 맞춘 기사를 텔렉스*로 송고한 후 동료 특파원들과 함께 서울 시내 술집을 전전했다. 견디기 힘든 공허가 술을 탐식하게 했다. 동료들의 전언에 의하면 그가 거리에서 고래고래 소리 지르며 전두환을 비롯한 한국의 정치 군부 우두머리들을 저주했다고 하는데, 전혀 생각나지 않았다.

머턴이 신부에 관한 기사를 쓰지 않았던 것은 그와의 약속 때문이었다. 도청으로 들어가기 직전 신부는 부탁 하나 들어줄 수 있겠느냐고 물었다. 기쁜 마음으로 들어 드리겠다는 머턴의 말에 자신에 관한 어떤 글도 쓰지 말아 달라고 했다. 그 이유를 묻자 신부는 '나의 살과 피가 그분들의 살과 피와 똑같기 때문'이라고 대답했다. 머턴은 가슴이 콱 막히는 것을 느꼈다. 신부의 죽음이야말로 드라마를 갈구하는 세상 사람들에게 대단히 매혹적인 이야기였다. 하지만 신부는 자신의 죽음이 세상 속에서 그렇게 떠도는 것을 원치 않았다. 머턴이 고개를 끄덕이자 신부는 미소를 머금으며 손을 내밀었다. 작별의 악수였다. 감정을 간신히 통제하고 있

* 텔렉스 : 팩스가 일반화되기 전에 문서를 직접 타이핑하여 상대에게 전송하던 통신 수단.

는 머턴은 신부처럼 웃을 수가 없었다.

잉고 카르겔이 국경을 넘기 직전 걸음을 멈추고 돌아보았다. 그의 얼굴은 여전히 꿈꾸는 듯한 표정이었다. 머턴이 손을 흔들자 잉고 카르겔은 뭐라고 외치면서 손에 든 장미꽃을 치켜들었다. 한 송이 장미꽃이 허공에서 너울거렸다. 잠시 후 꽃은 꿈을 찾아 떠나는 이와 함께 국경 너머 어둠 속으로 사라졌다. 도청으로 들어가는 신부의 모습이 어른거렸다. 그의 남루한 옷은 흰빛에 싸여 있었다. 그것은 눈처럼 흰 한 송이 꽃이었다.

• • •

정찬 연보

1953년	7월 3일 부산광역시에서 출생.
1978년(25세)	서울대학교 사범대학 국어교육과 졸업.
1983년(30세)	무크지『언어의 세계』에 중편「말의 탑」을 발표하면서 등단.
1989년(36세)	창작집『기억의 강』(현암사) 출간.
1992년(39세)	창작집『완전한 영혼』(문학과지성사) 출간.
1995년(42세)	창작집『아늑한 길』(문학과지성사) 출간. 중편「슬픔의 노래」로 제26회 동인 문학상 수상.
1998년(45세)	장편『세상의 저녁』(문학동네) 출간.
1999년(46세)	장편『로뎀나무 아래서』(문학과지성사), 장편『황금 사다리』(자유포럼) 출간.
2000년(47세)	장편『그림자 영혼』(세계사) 출간.
2002년(49세)	장편『광야』(문이당) 출간. 단편「숨겨진 존재」로 2002 올해의 문장상 수상.
2003년(50세)	창작집『베니스에서 죽다』(문학과지성사) 출간. 『베니스

에서 죽다』로 제16회 동서 문학상 수상.

2004년(51세) 　장편 『빌라도의 예수』(랜덤하우스중앙) 출간.

2005년(52세) 　『빌라도의 예수』로 제5회 들소리 문학상 대상 수상.

광야

초판 1쇄 인쇄일 · 2006년 4월 10일
초판 1쇄 발행일 · 2006년 4월 15일
지은이 · 정 찬
펴낸이 · 임성규
펴낸곳 · 문이당

등록 · 1988. 11. 5. 제 1-832호
주소 · 서울시 성북구 동소문동 4가 111번지
전화 · 928-8741~3(영) 927-4990~2(편)
팩스 · 925-5406
ⓒ 정찬, 2006

홈페이지 http://www.munidang.com
전자우편 webmaster@munidang.com

ISBN 89-7456-334-7 83810
